“恋人”としてのデートを満喫！
「今度はあっち〜♪」
幼馴染で婚約者なふたりが恋人をめざす話
OSAKON
osananajimide konyakusyana futariga koibitowo mezasuhanashi

美月の実家で“普通の恋愛講座”開講!?
「最近あんまり女子だけで
話す事ってなかったでしょ？
だから、ついテンション上がっちゃって」
「言われてみれば、悠也くんも
大河くんも抜きで話すの、
久しぶりだよね」

「私も女子会は大歓迎だから
話したくなったら、いつでも来てね？」
伏見透花《ふしみ とうか》
美月の実兄、伊槻《いつき》と
高校時代に出会い、
恋愛結婚で結ばれた才媛。
25歳にして翻訳家
として活躍中。

「——ね、悠也？」

「——どうした？」

「——好き」

綺麗な、月の光に照らされて。

綺麗な微笑みで、
紡がれた言葉は、たった2音。

だけど——その短い言葉に。

その微笑みに。

俺の眼と心は、惹き付けられて
離れなかった。

幼馴染で婚約者なふたりが恋人をめざす話 2

緋月 薙

HJ文庫
942

口絵・本文イラスト　ひげ猫

OSAKON
osananajimide
konyakusyanna
futariga koibitowo
mezasuhanashi

contents

序章 ▽▽▽ 2人の変化と今後の方針

「はーい終了《しゅうりょう》。解答用紙は前に回して――」

終了チャイムと共に教師が告げた指示の通り、後ろの席の生徒の解答用紙を受け取り、自分の物を追加して前の生徒に渡《わた》す。

これで、1学期の期末テストは全科目が終了。

今日は金曜で、土日を挟《はさ》んで来週は解答用紙の返却《へんきゃく》やその他諸々《もろもろ》、消化試合のような登校日が1週間。その後は、多くの生徒が楽しみにしている夏休みになる。

今回は最後のテストの試験官がウチのクラスの担任だったため、そのままホームルームもサクッと終わり。

うちの学校の定期試験は全日午前中だけのため、解放された現在は、昼食前の平日昼間。

さて、今日はこの後どうしようか――等と考え始めた所で、背中と頭に重みが。

「ゆぅ〜やぁ〜。つ〜か〜れ〜た〜っ」


そう言って後ろからのし掛《か》かってきたのは言わずもがな、伏見《ふしみ》美月《みつき》。

俺《おれ》、鳥羽《とば》悠也《ゆうや》の幼馴染《おさななじみ》で、半同棲している婚約者《こんやくしゃ》。


美月の口調は完全にダラけきっているが、機嫌《きげん》が良さそうな雰囲気《ふんいき》も感じられ——よく懐《なつ》いたネコが『撫《な》でれー』と、体をこすり付けてくる様《さま》を連想させる。

「はいはい、お疲《つか》れ。帰り、何処《どこ》かで昼飯食べて帰ろうな。美月が決めていいぞー」

「わ〜い。何にしようかなー♪」

印象のままに、美月の頭を撫でながら言うと、さらに上機嫌《じょうきげん》になった美月。

「——本当に相変わらずですね、お2人とも」

「ね♪　お疲れさま悠也くん、美月ちゃん。テストどうだった?」

そんな俺たちに、声を掛けてきた2人。

苦笑《くしょう》気味に話しかけてきた男子生徒が、大久保《おおくぼ》大河《たいが》。

少し楽しげに話しかけてきた女子が、沢渡《さわたり》雪菜《ゆきな》。

2人とも俺と美月の幼馴染であり――同時に、俺と美月、双方《そうほう》の両親から頼《たの》まれたお目付け役だったりもする。……まぁほとんど建前な感じで、普通《ふつう》に友人関係だけど。

「雪菜もお疲れさま♪　こっちはアレが7割近く当たってたから、大丈夫《だいじょうぶ》だねー」

「右に同じ。ま、親に文句言われる成績にはならない自信はあるな」

手応《てごた》えがあったので平然と返すと、それを聞いていた同級生が。

「え？　お前らが7割って――調子悪かったのか？」

「学年上位のあんたらが、それで『大丈夫』……？」

と、首を傾《かし》げる者が数人。

確かに俺たち4人の成績は、常に学年上位10位には入っている。親元から離《はな》れて半同棲している以上、成績が悪いと注意される――どころか何らかの条件の追加や、最悪だと半同棲を解消しての帰宅命令が出る恐《おそ》れもある。

それは俺と美月だけではなく、そのお目付け役である大河と雪菜も同様。

だから成績維持《いじ》のための努力は欠かしておらず、その目安として90点以上を基準にしている。そして、それは今回も抜《ぬ》かりは無い。

ならば、美月が言った『7割』というのは何の事だと言うと。

「——あ。さっき私が言った『7割』って、予想問題の的中率だよ。悠也とテスト勉強の最後に予想問題を作って、どっちが的中率高いかで勝負したんだよー」

「……って言っても、いざ作ってみたら俺のも美月のもあんまり変わらなくてさ。その時点で、ほぼ引き分けが確定したんだが——で、それの的中率が大体7割って話」

ちなみに。細かい所まで当てるのは不可能だから、国語の漢字関係や数学は対象外。勉強の総仕上げと予行演習的な意味でやったけど、なかなか有意義だったと思う。

そんなわけで。俺と美月の成績は、今回も安泰《あんたい》と言っていい。

「……そんなにテスト問題って当てられるものなのか？」

「あくまで学内のテストなら、な。先生が授業中に、やたらと強調した所とか？　板書以外にそういう所メモるだけで、かなり違《ちが》うぞ」

「うんうん♪　ウチの学年の先生、捻《ひね》くれた出題する人は居ないからねー。あとは中間テストや普段《ふだん》の小テストの出題傾向《けいこう》も参考にしたりー」

強調するという事は要点の場合が多いため、そういう所を中心にした方が、勉強するにも効率が良いわけで。

「……お前ら全然ガリ勉って感じじゃないのに成績良いの、そこら辺が原因か。ところで――その予想問題勝負、大河と沢渡は参加しなかったのか？」

俺たちの話を聞いて、そんな事を言ってきた奴《やつ》が。

俺たち4人は一緒《いっしょ》の事が多いし、その意見も分からなくはないが――

「……この手の予想勝負だと、ちょっと大河と雪菜には勝てる気がしないんだわ」

「まず勝てない勝負を、罰《ばつ》ゲーム付きでやるのはちょっとねー……」

そんな俺と美月の話に、幼馴染2人は苦笑いを浮《う》かべ。

「えーっと……私のはデータ分析《ぶんせき》だから、情報量の少ない場合だと、そんなに有利って感じじゃないよ？」

「逆に私は行動予測なので、データの蓄積《ちくせき》が多い場合は、そこまででも」

と、こんな風に謙遜《けんそん》はしているが――逆に言えば、不利な状況《じょうきょう》以外では負ける気がしない、という事でもあって。

「え。雪菜が情報処理方面でエグいのは知ってるけど……大久保くんが？」

「や、バカだとは思っていないし、成績良いのも知ってるけど――色々ズレてるのに、行動予測……？」

大河に対する、そんな『意外』という意見があちこちから。

現に当の大河は周囲の声に、少し照れ臭《くさ》そうな顔をしてるし。

――大河よ、誰《だれ》も褒《ほ》めてないけど？

「いや、その意見も分かるけど……大河、これでも秘書系や交渉術《こうしょうじゅつ》系、あとボディーガードの指導とか受けてるから、対人関係には滅法《めっぽう》強いんだぞ？」

確かに普段は少々ズレてはいるが、俺たちの親に認められるくらいには優秀《ゆうしゅう》。得意分野に関しての評価は、実は雪菜にそこまで見劣《みおと》りしていない。

俺たち4人は確かに幼馴染で、幼い頃《ころ》から仲が良かったが――それでも、俺と美月は大企業《きぎょう》の経営者の子女。そのお目付け役に『ただ仲が良い同年代』ってだけの少年少女を付けるほど、ウチの両親たちは世間を甘《あま》くは見ていない。

……まぁ、普段はズレてるけど。雪菜の方も、実はちょっと個性強いけど。そして大河の方は、結構ズレてるけど（大事な事なので複数回）。

このクセの強い幼馴染（美月と雪菜も含《ふく》む。……俺も含まれるかも）の真価は、確かに付き合いが長くないと分かりにくいかもしれない。

ならば――今は違う話を振《ふ》ってみよう。

もちろん話を変える意図もあるが、元から話そうと思っていた事でもあって。

「ところで――テストも終わった事だし、ちょっと意見を聞きたい事があるんだが」

するとと周囲の同級生たちは、ピタリと動きを止めて。

「……悠也が俺たちに『聞きたい事』？」

「気のせいか？　この前も、こんな感じで話し出された事が無かったか……？」

「……具体的には、先月の話ね。美月ちゃんだけ事情を知ってる感じで、雪菜ちゃんと大久保くんは知らない感じっていうのも、あの時と一緒だよね……」

そんな戦々恐々《せんせんきょうきょう》とした感じの声が、あちこちから上がったが――まぁ、拒絶《きょぜつ》の声は聞こえないので、構わず言わせてもらおう。

「例の『ちゃんとイチャつけるように』ってやつを再開したいんだが、どういう方向で行こうかなと。夏休み前だし、意見を聞いて方向性を考えたくてさ」

「「「「…………」」」」

聞いた面々のほぼ全員が動きを止めて。

我《わ》が幼馴染の2人は、額に手を当てて、頭でも痛そうな顔をしている。

と、そんな状況を気にしていないのか、口を開いた我が婚約者さま。

「いやー、手を繋《つな》げるようになったのは良いんだけど、今後は何を目指そうって話になって、詰《つ》まっちゃったんだよねぇ」

「俺たち見せつける方向に進む気は無いから、人前でイチャつくとかは無理だしな」

「ねー♪」

続いてこんな遣《や》り取りをすると、周囲の皆《みな》さまは相変わらず黙《だま》ったままながら。

「「「「…………………」」」」

酷《ひど》く呆《あき》れた様な視線が俺と、俺に後ろから抱《だ》きついたままの美月に集まった。

その視線が語るのは――『その体勢で何を言っている』

……うん。まぁ、俺たちと周囲の認識《にんしき》に、かなりのズレがあるのは理解している。

先ほどからの、美月が俺の後ろから抱きついている状態を、俺たちは『じゃれ合い』と認識しているが……一般的《いっぱんてき》には『イチャつき』となるらしい。

「――こほん。あんたら2人の認識がオカシイのは、もう諦《あきら》めるとして……本当に進展してるのか？　この前の一件以降も以前も、あんま変わってる気がしないんだが？」

そんな失礼な発言も込みで言ってきたのは――この前あった一件以降、少し親しくなった同級生の安室《あむろ》直継《なおつぐ》。そんな彼《かれ》に対して反論したのは、やはり幼馴染たちで。

「いえ安室氏。これでも地味に変化はしています。具体的には――雨の日には、普通に相《あい》合《あ》い傘《がさ》する様になりましたね。本人たちは『2人とも傘《かさ》をさして横に並んで歩くと、他の通行人の邪魔《じゃま》になるから』とか言ってましたが」

以前はそれぞれ傘をさして、前後に並んで歩いていた。それが手を繋げる様になり、距《きょ》離《り》を縮められる様になった事で、自然に1つの傘に入れる様になった。

……省スペースでお得だね。それ以上の意味は……ノーコメントで。

「そういうのもだけど、何だかんだで密着度は上がってるよね。……今も美月ちゃん、自然に悠也くんと手を重ねてるし」

「――あははっ」

雪菜の指摘《してき》に、少し照れ臭そうに笑う美月。

美月は以前から接触《せっしょく》してきていたため、あまり意識していなかったが……手を繋ぐ・重ねるが出来る様になると、そのまま指・手・腕《うで》を絡《から》められるという事で。

結果、雪菜が言った通りに、接触回数は変わらなくても、地味に密着度は上がっていたりする。

ここら辺、俺たちは言っていないし、指摘もされなかったから気付かれていないと思っていたが――スルーしていただけの様子。さすがは我らが幼馴染。

「……それは気付かなかった。でもそうなると――これ以上って、何を望むんだ？」

「いや、だからその方向性が分からないんだって。俺と美月は一般的な『恋人《こいびと》らしさ』ってのが、イマイチ分かってないっぽいから」

再びの安室の発言にそう返すと、周囲の面々は『ああー……んん？』と、『納得《なっとく》出来なくもないけど、何かおかしくね？』的な反応を。

そんな微妙《びみょう》に腑《ふ》に落ちない様子でも、しっかり考えてくれてるっぽいのが、このクラスメイトたちの有り難《がた》い所で。

「えっと……一般的な初心なカップルだと、『手を繋ぐ』の次に狙《ねら》うのはキスあたりだと思うけど――お２人さん、そこら辺は……？」

女子の１人が口にした言葉に数人が頷《うなず》き、さらに数人が興味津々《きょうみしんしん》の視線を俺たちに。

「え、えっと……悠也の頬にならちょくちょくするよ？」

「でも口の方は――皆無《かいむ》ではない、くらいか。やっぱり気軽には……な？」

さすがに少々恥《は》ずかしげな美月と、視線を合わせて意思の確認《かくにん》。

頬にキスは、この体勢（美月が後ろから抱きついている状態）を家でしている際、美月の機嫌が良い時や俺をからかう意図が有る時、たまにしてくる。

口と口のは確かに……あまりしていない。

なんというか――余程《よほど》『そういう状況』にならないと、気安くは出来ないというか。

ならばソレを目標に、というのもアリではある、のだろう。

……だけど『いつでも平気でキス出来るように』っていうのは――何か違う気がする。

と。そんな内容を美月と視線を交《か》わして話し合い、ほぼ同意見と確認。

……俺たちが顔を合わせている間に、周囲からジト眼やら、頬を染めて何かを期待する視線なんかが飛んで来ているが、とりあえずスルーで。

しかし、そんな面々の中で、ただ1人だけ何かを考えている様子で――

「――ときに悠也。そういう諸々の接触行為《せっしょくこうい》、悠也からもしているのですか？」

「「……………あっ」」

不意に大河が発した言葉。

その意味を少し考えた後——俺と美月は、思わず顔を見合わせた。

そしてその後……美月の目が微妙にジト眼になったため、俺は思わず顔を逸《そ》らし。

「そういえば、悠也から迫《せま》られた事って……無い気がするよ？」

「……言われてみれば、そんな気もしますデス、ハイ」

思い返してみれば——デートに誘《さそ》ったり等は俺からするが、俺から美月に触《ふ》れた事は……くっついて来た美月の頭を撫でるくらい、か？

「あ！　美月が手を繋ぎやすい様に、手を差し出すっていうのは……？」

唯一《ゆいいつ》浮かんだ事を口にしてみた所——大河が呆れの表情で。

「……悠也。『誘い受け』は『攻《せ》め』ではないと思いますよ？」

——大河くん。言ってる事は分かりますが、言い方はなんとかなりません？

「えっと……悠也くん？　さすがにソレはちょっと……」

そんな雪菜の非難の声に、周囲からは賛同の頷きが多数。

しかも——男子陣《じん》からは苦笑い程度が大半だが、女子からはかなり冷たい視線が。

「い、いや。今さら己《おのれ》のヘタレ具合を否定はしないが——ほら、男としてのエロ根性を自覚していると、セーフな事でも迂闊《うかつ》に触《さわ》りに行けないっていうか……」

「あー……まぁ、分かると言えば分かるが」

そんな安室の声を筆頭に、男子数名も『うんうん』と頷いたが――

『しかし悠也。この期《ご》に及《およ》んで背中の美月さんに無反応でいられるなら、手を繋いだり腕を絡めたり程度は余裕《よゆう》なのでは？」

……空気を読まない事に定評のある大河くん、同調圧力を全く気にせず正論を。

「そ、それはそうなんだが……自分から甘えに行くとか、ちょっと照れが消しきれないというか――そ、そういう大河はどうなんだよ！　お前だって雪菜と2人きりの状況でも『ごろにゃん♪』的に甘えたりとかは出来ないだろッ⁉」

……あまりに劣勢《れっせい》だったため、思わず逆ギレしてしまいました。

自分でも『この返しはナイわ……』と思ったため、謝《あやま》ろうと大河と雪菜を見ると。

「「……………（顔、まっ赤《か》）」」

「「「――あっ（察し）」」」

大河は、一瞬《いっしゅん》で顔を赤くして顔を逸らし。雪菜は、耳まで赤くなって俯《うつむ》くという、2人揃《そろ》ってとっても分かりやすい反応。

ここまで話を聞いていた周囲の面々も、ほぼ全員が事情を察した様子。

気まずげな顔をしたり、ちょっと頬を染めて話の続きを期待する者が大多数。

そんな中、美月は俺の背中から離れて前に回り込み。

「ねぇ、ゆぅ～や♪」

「……なんでしょうか、美月さん」

とっても楽しそうに言ってきた時点で危険度ＭＡＸ。警戒心《けいかいしん》を全開で応《こた》えると、美月は楽しそうな笑《え》みで両手を広げて――


「オギャるならいつでもＯＫだよ♪」

「オギャらねえよ⁉」


「ふむ。私にはバブみが足らない、と」

「そういう問題でもないからな⁉」

……たしか『オギャる』は――自分以下の年齢《ねんれい》の女子に、赤子の様に甘える事。

それで『バブみ』は、女性の甘えたくなる様な母性や包容力、とかだったと思う。

ネットに『バブみを感じてオギャりたくなる』なんて例文があった。

……とにかく。自分に問題があるのは分かったが――『オギャる』云々《うんぬん》まで話が飛ぶのは、なんぼなんでも行き過ぎだと思う。

「――悠也」

「なんだ大河？」

美月の２段ボケへのツッコミで疲れているところに声を掛けられ、自然に応えると。

「――仲が良いのは結構だと思います。ですが、まずはノーマルプレイで。いきなりマニアックなプレイは止めておいた方が良いのでは？」

「だからオギャらねぇって言ってるだろうがッ⁉　っていうかお前はいつ復活した⁉」

狙ったボケ２段の後に、天然ボケが叩《たた》き付けられた。

――甘えてない云々でメンタルダメージ受けた直後のため、疲労《ひろう》感が大きい。

「…………いいか？　美月にバブみが足りないとは、全く思わない。だが今の俺はオギャる以前の問題で、普通に甘える事すら出来ないんだ。だから、まず小さな一歩から――」

「――悠也くん悠也くん？　ちょっと」

一度呼吸を落ち着かせてから、努めて冷静に大河へ説明すると——その途中《とちゅう》で、今度は雪菜が話しかけてきた。

「ああ、雪菜も復活したんだ？　——で、どうした？」

「う、うん。お陰様《かげさま》で。それで……あっち」

「ん？」

言われて、雪菜が指さす方向……その先に居た美月を見ると。

『あ、あはは……』と、頬を染め誤魔化《ごまか》し笑いを浮かべて——

「……悠也、私にバブみを感じてたの？」


…………やっべ。変な感じで口滑《すべ》らした。

「い、いや、バブみっていうか母性っていうか……『いいお母さんになりそうだなー』って思った事が何回もあったというか——」

——うん。なんか慌《あわ》てて口を開く度《たび》に悪化している気がする。

現に、美月の顔の赤みは増していっているし、俺の頬もだんだん熱く。

そして周囲の面々は、なんか『俺たち、何を見させられてるんだろ……？』みたいな、焦点《しょうてん》が合っていない目をしているし。

「――悠也」

「っ！　おお大河、今度は何だっ⁉」

どうやって事態を収めるか――なんて考えていた時に、再び声を掛けてきた大河。

これを機会に話を変えようと、食《く》らいつく様に応えてみた。

そうして我が幼馴染に向き直ると――なぜか大河くん、微妙に不機嫌《ふきげん》で。

「――バブみなら、雪菜も負けていません！」

「お前まさかオギャってるの⁉」

この発言で視線が集まった雪菜は――再び真っ赤になって首を横に激しく振っている。

……この様子から察するに、普段から特殊《とくしゅ》プレイを執り行っているわけではない模様。

「大河。一応確認しておくが――今の発言、雪菜の包容力やらの話、だよな……？」

「はい？　ええ、もちろん。――稀《まれ》に膝枕《ひざまくら》で耳かきをしてくれる際など、実に愛情深く包容力が豊かな女性だと、しみじみと思います」

……どうも対抗心《たいこうしん》が刺激《しげき》されたらしい大河のストレートな惚気《のろけ》に、またも耳まで真っ赤になって俯く雪菜さん。――まぁ、ちょっと嬉《うれ》しそうな顔でもあるけど。

「そ、そうか。良かったな――ん？」

注目が俺と美月から逸れて助かったが、あとはこの騒動《そうどう》をどうやって収拾《しゅうしゅう》しよう――なんて思っていたところに、校内放送の電子音が。

『――生徒会長の鳥羽　悠也くん。副会長の伏見　美月さん。まだ校内に居ましたら、至急、理事長室までお越《こ》しください。繰《く》り返します――』

「理事長室っていう事は……理事長が呼んでる？　美月、何か心当たりはある？」

「――ううん。ちょっと思いつかない、かな。しかも私たちだけ名指しだから、私と悠也に用事って事だと思うし」

「……っていう事は、私と大河くんは行かない方が良いのかな？」

放送が入った事で、意識を切り替《か》えられたらしい雪菜（でもまだ少し顔が赤い）が、訊《き》くというよりは確認の意味で声を掛けてきた。

俺たちは理事長――露木《つゆき》　明日香《あすか》さんとは個人的な知り合いでもあるため、稀に『生徒会役員に』ではなく、俺たち個人への頼まれ事を受ける事もある。

今回も、そっちの可能性が高い。

「んー、詳《くわ》しくは分からないが、とりあえず呼ばれた俺と美月で行ってくるよ」

「うんっ。いつ終わるか分からないから、雪菜と大河くんは先に帰ってて一」

「分かりました。ですが、何かあったら遠慮《えんりょ》なく連絡《れんらく》をください。すぐに向かいます」

俺と美月に応えた大河に、頷きを返し。理事長室へ向かおう――とした所で少し思いついて、雪菜と大河に向き直り。

「あーっと、大河、雪菜。さっきの件で少し相談したいんだが――明日か明後日、大丈夫か？」

……さっきまでの騒動の件。『オギャる』『バブみ』はともかく、俺からの行動が無かったという事に関しては、間違《まちが》いなく改善が必要だろう。

その事を話したいのだが――俺自身の思考をまとめたいし、先に美月とも話したいため、今日のこの後よりは明日以降が良いと判断。ちょうど土日だし。

「なるほど。そうですね――私は、明日は出かける用事があるのですが、明後日ならば予定を入れていないので、大丈夫です」

「……私も、明日はちょっと『仕事』があって無理かな。明後日なら大丈夫」

大河の方はいいとして――雪菜が話した際に一瞬、不穏《ふおん》な気配を感じた気がしたが……

ま、まぁ気のせいだと思っておこう。

雪菜はその情報処理の腕を買われ、稀にウチの親や美月の親に、臨時アルバイトと称《しょう》して仕事を頼まれる事がある。きっとそれ関係で、愉快《ゆかい》ではない仕事があるのだろう。

……そう思っておいた方が良いだろう。主に精神衛生的な方面で。

「じ、じゃあ明後日の日曜、空けておいてくれ、頼む」

「よろしくね雪菜、大河くん。じゃ、行ってくるねー」

そう言って、教室から出る俺と美月。

背後からは見送る面々から『またねー』『お疲れ様《さま》ー』やら『土日はしっかりオギャってこいよー』なんて声も聞こえてきた。――やかましいわっ。


「んー、明日香お姉さんからの呼び出し、なんだろね？」

「……多分、そこまで急を要する事じゃない、とは思うんだが」

理事長は俺たちのスマホの番号も知っているため、本当に緊急《きんきゅう》の要件や、理事長個人としての要件なら、そちらに来るはず。

ならば、校内放送で俺たち個人を呼んだ理由は――まずは少数で話し合いたい厄介《やっかい》事か、または……理事長以外の関係者の、個人的な依頼《いらい》とか？

「……はぁ。ヒドイ厄介事じゃなければ良いんだが」

「あははっ。悠也、なんだか元気無いねー」

「……そういう美月は元気──っていうか、ご機嫌だな？」

俺が疲れているのは、これからの厄介事を思って──だけではなく。

教室での遣り取りで発覚した、俺の問題。その改善方法を考えて、というのもあって。

そして美月は当然、それを分かっているはず。そして機嫌が良いのも──

「うんっ！　だってこれからは、悠也の方から甘えてきてくれるんだよね♪」

「……善処は致《いた》しますので、小さな事からコツコツと、長い目でお願いします」

楽しそうに、悪戯《いたずら》っぽい笑みで言ってきた美月から、少し眼を逸らして応えた。

……正直、かなり厄介な案件ではあるが──『俺から触れに行く』という事を、嬉しいと思ってくれているらしい美月。

それを、俺も嬉しいと思ってしまっている以上は……まぁ頑張《がんば》るしかない。

「むぅ、仕方ないなー。じゃ、早速《さっそく》──はい♪」

そう言って、手を差し出してきた美月。……何を求めているかは、もちろん分かる。最近は、ちょくちょくやっていた事で──だけど、全《すべ》て美月から。

改めて自分からとなると、確かに躊躇《ためら》いが生じるが……ここで手こずっていては先が思《おも》い遣られるし、何より美月に悪い。

「──はいよ、っと」

極力、顔には出さない様に。ぶっきらぼうを装って、差し出された手を握《にぎ》ると。


「──うんっ♪」


とても、嬉しそうに微笑《ほほえ》む美月。その笑顔《えがお》を直視できず、目を泳がせる俺。

「──理事長が待ってるし、少し急ぐか」

「あいよー♪」

照れ隠《かく》しに言った俺に、楽しそうに応える美月。

そうして俺たちは、少し早足で理事長室に向かった──

1章　大河の疑惑とヤンデレさん。

「っと。美月《みつき》、俺の身だしなみ大丈夫？」

「んー、少しだけネクタイ曲がってるかな？　ちょっと待って……うん、大丈夫。——私の方は？」

「——ああ、大丈夫」

　理事長室の近くまで来た俺たちは、軽くお互《たが》いの身だしなみをチェック。

　プライベートでは気心の知れた相手とはいえ、学校で会うなら、せめて最初くらいは礼《れい》儀《ぎ》を重んじるべきだろう。

　さて、じゃあ行くか——と思ったら、何か美月が悪戯っぽい笑みで見ていて。

「……どうした？」

「んー、女の子の格好をチェックしたんだから、『いつも可愛《かわい》いよ』くらいは言ってくれてもいいのになーって♪」

「あのなぁ……」

ニヤニヤ笑いをしている時点で、美月も冗談《じょうだん》で言っているのは分かる。

軽く文句を言うか、軽く流すかがいつもの返しで、無難な対応。

……だけど先ほどの『俺からは行っていない』という話を思い出し——こういう場面でも踏《ふ》み込むべきだろうか、と思い。

「——美月は、どっちかっていうと『可愛い』より『綺麗《きれい》』だろ」

「…………へ？　っ⁉」

「はい、そろそろ行くぞー」

「ちょっ⁉　わ、悠也《ゆうや》まっ——」


俺たちの特性：お互いからの慣れない対応・不意打ち・予想外の反応に弱い。

今のは、からかって来た美月にカウンターが入った形。

……だけど、慣れない対応で自分も反動ダメージを受けて。

だから——自分の顔が美月より赤くならない内に、とっとと状況を進める事にした。

理事長室の前に立ち、扉《とびら》をノック。

「——生徒会長の鳥羽《とば》悠也です」

「っ、ぉ、同じく副会長の、伏見《ふしみ》 美月です」

室内に向かって名乗った俺に続き、美月もなんとか動揺《どうよう》を抑《おさ》えて名乗ると。

『――はい。お呼び立てしてすみません。どうぞお入りください』

室内から聞こえてきた、入室を促《うなが》す上品な声。それを聞きドアノブに手を掛け――途中で美月が抗議《こうぎ》の視線を向けてきていたがスルーし、扉を開けて入室。

「失礼しま――え？」

中に入ってすぐ、応接用のテーブルセットに座《すわ》っていた『女性たち』の姿が目に入り、思わず『失礼します』の声が止まった。

「え？　どしたの悠也――へっ⁉」

俺の後に入ろうとしていた美月が、動きを止めた俺の後ろから覗《のぞ》き込み――俺と同様に驚《おどろ》いて動きを止めた。

中に居たのは、ますは見慣れた理事長の、露木《つゆき》 明日香《あすか》さん。

そして、その向かいには2人の女性。その2人共、俺も美月もよく知る人物で。

「久しぶりね？　美月、悠也さん」

「こんにちは美月ちゃん、悠也くん♪」

1人は——長い黒髪《くろかみ》に、40代とは思えない抜群《ばつぐん》のスタイル。……少し髪型《かみがた》と髪《かみ》色を変えるだけでル○ン三世の『峰《みね》不○子』になりきれそうな、どこか『悪の女幹部』的な雰囲気と容姿をもつ女性——『伏見月夜《つくよ》』さん。

もう1人は、小柄《こがら》ながら健康的なスレンダー体型で、明るい表情にショートヘア。陸上系の女性アスリートの様な容姿と雰囲気の女性——『沢渡《さわたり》夏実《なつみ》』さん。

苦笑い気味の理事長の対面で、にっこり微笑む月夜さんと、楽しそうに笑う夏実さん。マイペースな2人の様子を見て、美月は止まった思考回路を再起動できた様で。

「な、なんで居るのお母さん⁉　夏実さんも！」

「——あー、っと。ご無沙汰《ぶさた》しています、月夜さん、夏実さん」

美月が思いっきり動揺してくれたお陰《かげ》で、俺は少し冷静になれたので、しっかり挨拶《あいさつ》。

と、いうわけで。名字で分かったかもしれないが、伏見月夜さんは美月のお母さん。

そして沢渡夏美さんは、雪菜《ゆきな》のお母さん。

どちらも40代中盤《ちゅうばん》のはずだが——どう見ても30代前半、化粧次第《けしょうしだい》では20代で通る容姿な

2人。……まぁ、それは俺《おれ》の母親と大河母もなんだけど。

余談だが。俺たちの母親陣4人は仲が良く、『ママ友連合』として、たまに一緒にランチに行ったりするらしいのだが……普通にナンパされる事もあるらしい。

当然お断りし、しつこい相手には『子供と同年代とか、さすがに無理』と言って、精神に大ダメージを与《あた》えるそうな。

父親陣も、奥様《おくさま》たち程《ほど》ではないが飲み仲間ではあって。こちらは4夫婦《ふうふ》の共通点から、通称《つうしょう》『奥様の座布団《ざぶとん》連盟』。

どういう意味かは……まぁ『ご想像通り』と言っておきます。

とにかく。この状況から、ある程度の事情を予想した俺は、とりあえず扉がしっかりと閉まっている事を確認。

それを見ていた理事長――明日香さんが、俺に軽く目礼してから。

「悠也さん、美月さん。とにかくお座りください。事情を話しますので」

そう言って自分は立ち上がり、お母さんズの側に座り直す明日香さん。

……これで、予想が当たっている可能性が上がったかな。

「――あ、私はお茶淹《い》れてくるよ。良かったら先に話しててー」

「あら。ありがとう、美月」

お茶が無い事に気付いた美月が、備え付けの給湯器の方に向かいながら言うと、そんな自分の娘《むすめ》に声を掛《か》けた月夜さん。

「あはは、これくらいはねー」

そう軽く返し、慣れた手付きでお茶の用意を始める美月。そちらは任せて、俺は理事長が開けてくれた場所に腰《こし》を落ち着かせると、夏実さんが話しかけてきた。

「久しぶりだね、悠也くん。ウチの雪菜は、ちゃんとやってる？」

「――ええ、大河も含めた俺たち４人、仲良くやってますよ。雪菜にも、いろいろ助けてもらっています」

「……そう？　なら良かった♪　あ。それはそうと、さっき少し気になったんだけど――」

そう言って、少しこちらを気遣《きづか》う様な表情になった夏実さん。

――何だろう？　と、思っていると。

「ココに入って来た時、２人とも顔が少し赤かったけど――大丈夫《だいじょうぶ》？」

「っ⁉」「っ、うわぁッ⁉」

思わぬ発言にギクリと動揺した俺。後ろからは、お茶を淹れながら聞いていたらしい美月の慌てた声も聞こえた。

「だ、大丈夫か美月⁉」

「う、うん、大丈夫っ！　あ、あはは……」

どうやら手を滑らせかけただけの様で、火傷《やけど》も食器の破損も無さそう。

思わず立ち上がった俺は、安堵《あんど》の息を吐《は》いて座り直すと——正面の月夜さんが、ニコニコと笑顔を向けている事に気付き。

「……えっと、どうしました？」

少しイヤな予感を感じながら訊くと、月夜さんは少し意地の悪そうな笑みを浮かべ。

「——いえ。仲良くやっている様で何より、と」

「っ⁉　って、うわぁっとぉぉおッ⁉」

……どうやらある程度は察したらしい月夜さん、的確にからかってきました。

俺は予想していたので大丈夫だったが、再び背後で美月の慌てた声。……今度は何かを落としかけた様子。

月夜さんは、そんな自分の娘の様子に、悪戯が成功した時の様な笑顔を浮《う》かべて。

顔立ちはともかく、雰囲気《ふんいき》はあまり似ていない美月と月夜さんだが……こういう時は、さすがは母娘だと改めて思う。

この遣り取りで同じく察したらしい夏実さんは、楽しそうに笑い。その横では理事長が、苦笑《くしょう》気味の控《ひか》えめな笑顔を浮かべていた——


その後、美月がお茶を淹れて席に着くまで、少し雑談をして過ごし。

美月も座り、皆がお茶を飲んで一息吐いた所で、理事長が話し始めた。

「——さて、そろそろ本題に入りますね。今回お２人をお呼びした理由ですが……悠也さんはある程度、察している様子ですね？」

「さすがに具体的には分かりませんが——多分、夏実さんが持ってきた案件ですよね？という事は多分、雪菜の関係で何か内密に調べて欲《ほ》しい、とかでしょうか？」

俺と美月を名指しで呼んだから、月夜さんが居るのはまだ分かるが……雪菜を呼んでいないのに夏実さんが居るのは不自然。

そして俺を呼んだのに、『ママ友連合』で仲が良いはずの俺の母さんが来ていないという事は――この話を知る人間を極力減らしたい、という事の可能性が高いわけで。

ならば、それは『ここに呼ばれなかった関係者』に関する内密な話では、という予想。

「うん、さすが悠也くんだね。ほとんど当たりだけど――内密に調べて欲しいのは、ウチの子じゃないんだよ……」

「――あれ、違《ちが》うんですか？　でもそれなら、それこそ雪菜に調べて貰《もら》った方が、早くて確実だと思いますけど……」

夏美さんの言葉に、そう言い返すと――なぜか大人の女性３人が顔を見合わせ、揃って頭が痛そうな顔をした。

それを見て、俺と美月が顔を見合わせ、揃って首を傾《かし》げていると。

夏実さんが横に置いていた鞄《かばん》に手を掛け、中から封筒《ふうとう》を取り出して。

「――実はウチの郵便受けに、こんな封筒が入っていて……」

そう言って差し出された封筒は、全くの無地で、何も住所等も一切《いっさい》書かれておらず。コレが郵便受けに入っていたという事は、差出人が直接入れたという事。

そして、その封筒の中に入っているのは……写真、か？

俺は美月も見える様に、写真を取り出し――

「……は？」

全く予想していなかったシロモノに、思わず揃って間抜《まぬ》けな声が出た。

その写真に写っている人物は……傘をさしているが、間違いなく大河。
そして、見覚えの無い女性と親しそうに話している様で。
しかも——その背後には『大人の宿泊施設《しゅくはくしせつ》』。
よって、構図的には『2人で宿泊施設から出てきた所』に見える写真だった。

「…………………」

事態を認識し、イヤな汗《あせ》が流れるのを自覚。隣《となり》では美月も言葉を無くしているので、おそらく俺と同じ事を考えていると思う。

「——お2人は、この写真をどう思いますか……？」

深刻な表情で考え込む俺たちに、理事長が訊いてきた。
それに対し、俺と美月は顔を見合わせてから、確信を持って答える。

「まず、有り得ません」

きっぱりと答えた俺たちを見て、軽く安堵の息を吐く保護者3人。

「っていう事は——やっぱり合成とかだと思う、って事なのかな?」

首を傾げながら、そう訊いてきた夏実さん。『やっぱり』と言った事から、やはり夏実さんも『大河が浮気《うわき》した』とは思っていない様子。だが——

「いえ。俺が見た限りでは、合成とは思えません。だから……この写真は実際に現場で撮《と》られた物の可能性が高いです。……ですが『この建物から大河が女性と出てきた』というのは、まず無いと断言します」

俺がはっきり答えると、女性3人は微笑ましいものを見る目で俺を見て。

「大河くんを、信じているんだね」

少し嬉しそうに言う夏実さん。月夜さんと理事長も『うんうん』と頷いていて。

「——あ、いえ。もちろんそれもそうなのですが、それは理由の半分くらいですね。残りの半分の根拠《こんきょ》ですが——美月?」

言いながらスマホを取り出し起動、操作しながら声を掛けると、美月は既《すで》に調べ物を始めていて。

「あいよー、もう少しで終わるー。悠也もお願いー」

「はいよー」

そんな遣《や》り取りをしながら、俺も調べ物を開始。その間にチラッと保護者3人の様子を見ると、揃って『……あれ？』といった様子で、キョトンとしていた。

「――ん、終わったよー。ここ1ヶ月、大河くんが明るい内に4時間以上の単独行動をした日で、雨が降った日ってなると、該当《がいとう》するのは計5日。――悠也、そっちは？」

「ん、今終わったとこ。このホテルだけど――ターミナル駅近くの繁華街《はんかがい》の、1本奥《おく》の道っぽい。ここに明るい時間に行って諸々《もろもろ》ってなると――まぁ午前授業の日か休日って事で、ほぼ確定じゃないかな」

「ん、やっぱりねー。っていう事は……該当するのは先々週の日曜だけだねー」

ここ1ヶ月の俺たちのスケジュールと、天気を照合していた美月。

俺の方は写真のホテルの場所を検索《けんさく》。そこから移動時間等を割り出しての結論。

そうして導き出されたのが、この写真は約2週間前に撮られた物、という解答。

それだけの期間があれば――まず『有り得ない』。

「「そんなワケで、安心です」」

「「「どんなワケで⁉」」」

揃ってツッコミ入れてきた保護者の方々。

……言われてみれば、確かに説明を省略し過ぎたかもしれない。

と言っても、そう長い話ではないんだが――

「まず。大河はこの手の事を、２週間も隠し通せるほど器用ではない、という事です」

「あと――万が一、大河くんが本気で隠し通していたとしても……」

俺に続いた美月は、そこまで言って……夏実さんを見て、少し躊躇ってから。

「……雪菜が２週間も気付かないままっていうのは、ちょっと有り得ないかな、と」

「「……ああ」」

納得《なっとく》の声を上げたのは、月夜さんと理事長。

夏実さんは……頭痛そうに、額に手を当てて俯いている。

しかし、夏実さんには酷《こく》な話になるかもしれないが、俺も更《さら》に続ける。

「仮に既にバレているのなら、大河が心身共に無事なのは有り得ません。ここ1ヶ月、大河のメンタルに見て分かる異常はありませんでしたし――雪菜が、その……激しく闇堕《やみお》ちしていいる所は見ていませんから」

「「……『闇堕ち』」」

理事長と月夜さんが、夏実さんに視線を送り。

その夏実さんは頭を抱《かか》えてうずくまり、絞《しぼ》り出す様な声で。

「……ウチノ娘ガ、ゴ迷惑《めいわく》ヲ掛ケテオリマス……」

「い、いえ！　その……雪菜の『反撃《はんげき》』は非の有る方にしか向きませんので！　疚《やま》しい事が無い人なら大丈夫ですッ!!」

……言ってから『あれ？　フォローになってなくね？』と思ったが、事実で。


……ちなみに、過去の実例を挙げると。

大河がバレンタインに、他の女子から本命チョコ&告白を受けた際。告白はもちろん断ったが、チョコは受け取って、雪菜には内緒《ないしょ》で大事に食べていた事があった。

それを察知した雪菜はどうやったのか、そのチョコの原価を調べ上げ――同額分の唐辛《とうがら》子《し》（仕入れ価格）を贈《おく》り『食べて♪（闇《やみ》スマイル）』という行為《こうい》に及んだ。

しかし相手の子には何もしなかったし、更にフォローするなら、『告白された事もチョコを食べた事も別に良いけど、それを隠してやっていたから』だそうで。

雪菜に隠す＝雪菜に対して疚しい事と認識《にんしき》している。それでも隠れて食べた＝雪菜への誠実さよりチョコを優先させた——という事が制裁理由だったらしい。

またある時は——ウチの会社への工作の足掛《あしが》かりとして、大河にハニトラを試みた女性が居た。

大河を堕《お》とし、次に俺。そして俺経由でいろいろと——という計画だったらしい。

それを察知した雪菜の報復は、その女性と背後の企業《きぎょう》に向かい、大河はお咎《とが》め無し。

そして、その報復対象は——とりあえず、もう首都圏《しゅとけん》には近寄れなくなった、とだけ言っておきます……。

「あ、あはは……そんなわけで、雪菜の『闇』は誰《だれ》でも巻き込むわけじゃないので、大丈夫ですよー」

と、そんな風にフォローする美月だが——

「……『闇』とか言われちゃう時点で、いろいろアレだと思う」

「「「…………」」」

そんな夏実さんのごもっともな言葉に……他の全員は、揃って顔を逸《そ》らした。

「――こほん。そ、それで……俺たちが呼ばれた理由ですが、どういう対処をお望みでしょうか？　……真偽《しんぎ》はともかく、少々厄介な状況《じょうきょう》だと思うのですが」

雰囲気が暗くなったので、わざとらしく咳払《せきばら》いをして、話を進める事にした。

俺の意図を理解したらしい美月も、俺に続き。

「そうだね……。そんな写真が郵便受けに入れられる理由が、そもそも不明だし」

「ああ。確実に何らかの悪意は有るな。こういう事なら、それこそ雪菜か『克之《かつゆき》さん』に調べてもらった方が――ああ、そういう事ですか……」

『克之さん』というのは――沢渡 克之さんで、雪菜の父親で夏実さんの旦那《だんな》さん。

貿易業の経営者である美月の親父《おやじ》さんの右腕《みぎうで》で、世界各地の企業から極《きわ》めて高い評価を受けている人物。

運動方面こそ少し難があるそうだが、それ以外は何でも熟《こな》す完璧超人《かんぺきちょうじん》……なのだが。

……この方、普段《ふだん》は内面も人格者なのだが――唯一《ゆいいつ》の欠点が『極度の親バカ』。

「……真偽が分からない内に、あの人に話した場合――大河くんの力に乗り込む可能性が高いでしょ？　雪菜に話した場合も、血の雨が降りそうだし……」

……ご自身の娘の所行を『血の雨』と仰《おつしや》られた。

しかし、その評価は――もちろん比喩《ひゆ》表現とはいえ、間違ってはおらず。

「つまり、大河が潔白かどうかだけ確認《かくにん》してほしい、という事でしょうか?」

おそらく、先ほど言った俺たちの分析《ぶんせき》と評価だけでも何とかなるだろうが、それはあくまで状況《じようきよう》証拠《しようこ》。

無駄《むだ》に騒動を大きくしないために、出来れば確証が欲しいのだろう。

そう予測した俺に、夏実さんは真剣《しんけん》な顔で頷《うなず》き。


「――うん。それさえ分かれば、どうとでも出来るから。……どうとでも、するから」


「「「…………」」」

最後の『どうとでも、するから』の所で、思わず『……さすが母娘』と言いたくなる暗黒スマイルを浮かべた夏実さん。

他の全員が頬を引きつらせて黙《だま》り込むが……なんとか話を続ける事にする。

「と、とにかく……大河の潔白を証明するというのは俺たちとしても望む所なので、引き受けたいのですが――問題は、何を以《も》って『潔白の確証』とするか、ですね」

よくいわれる『悪魔《あくま》の証明』というヤツで、『やっていない』という証明は困難で。

「……それに関しては、少し私たちで話をしていたよ。――ね、月夜さん」

「ええ。問題になっているのは、この写真だけです。ですので――この日に大河さんが何をしにココを通ったのか。または、この一緒《いっしょ》に写っている女性が誰か。それさえハッキリとすれば、疑惑を超《こ》える『推定無罪』を得られるのでは、と」

なるほど。この疑惑自体が、証言も無い『怪《あや》しく見える写真』だけ。ならば確証とまでは言えなくとも、確度の高い状況証拠を積み重ねれば大丈夫だろう、という事。

これならなんとかなるかも――と思いかけた所で、理事長が口を開き。

「しかし今回は、雪菜さんに知られる前に調査を済ませたい所です。そうなると……彼女《かのじょ》の優秀《ゆうしゅう》さと気質が、今回の最大の障害と言えます」

つまり、雪菜に気付かれずに、おそらく雪菜が常にチェックしているであろう大河の周辺を探《さぐ》る必要がある。しかも可能な限り早く、という事で。

『いっそ雪菜に任せちゃった方が良くね？』と思わなくもないが――極力、穏便《おんびん》に済ませたいという事だろう。

まさか『諸悪の根源は自分の手で処理したいから』なんていう理由じゃないだろうし。

……………違うよね？

「そうなると、取れる手段がかなり限られてきますね……。明日か明後日あたりに大河がふらっと出掛《でか》けてくれれば、それを尾行《びこう》するだけでいいんですが」

「だよねぇ。そんな都合良くなんて……」

と、美月も続いて口にして、少し考えて――


「「……あ」」

◆　◆

――明けて、翌日の土曜日。

現在の時刻は12時少し前。今、俺たちが何処《どこ》にいるのかというと――

「悠也ぁ！　今度はあっち～♪」

「はいはい、っと」

俺たちが住むマンションの最寄《もよ》り駅から、電車で1本のターミナル駅。その駅に隣接《りんせつ》するショッピングモールの、ファッションフロア。

美月はイキイキとした表情で俺の手を引き、次のテナントへの突撃《とつげき》を促す。

「やっぱり、この時期は良いよねー、どこも春・夏物のセールやってるし♪」

ファッションショップの多くは8月に秋物が入るため、7月〜8月上旬《じょうじゅん》は狙《ねら》い目《め》。『最先端』とかに拘《こだわ》りがなければ、すぐに着る服を安く買えるわけで。

「本当に美月、セールとか好きだよな……」

「んー、だって安く買うに越した事はないでしょ？　ケチ過ぎるのはどうかと思うし、無理な節約まではしたくないけど。お金の有無《うむ》と、無駄遣《むだづか》いをヨシとするかは別問題だし」

「……美月、何気に節約が上手《うま》いよな。普段の食費とかでも」

食事当番で買い物をする際、作りたい物を決めてから買い物をする俺に対し、美月は広告をチェックしてから献立《こんだて》を決める。

俺もある程度は値段を気にして買っているが、結果として美月が作る方が、食費を抑えられている事が多いのは事実。

「あはは……やっぱり所帯じみてるって思っちゃう？」

「全く思わないとは言わないが、別に悪い事じゃないだろ？　……それに、少しくらい所帯じみてる方が頼《たの》もしいと思う——将来、実際に一緒の所帯を持つ身としては」

「——っ、あははっ！　ありがと悠也っ♪」

少し驚いた顔をした後、明るい笑《え》みを向けてくる美月。

「……どーいたしまして。――さ、次はあの店だろ？　とっとと行かないと、時間がなくなるぞ」

「うんっ。そうだねー♪」

……少々恥《は》ずかしい事を言った自覚があり、視線を逸らして先を急がせた俺。

そんな俺に――美月は楽しそうに応《こた》え、俺の腕《うで》に抱《だ》きついてきた。


とはいえ……密着状態のままでは、店内の物色など出来ないわけで。

俺の手は、店に入って早々に解放され、美月はイキイキと商品に突撃。

……腕を組まれている時は少々気恥《きは》ずかしいのに、離《はな》されると名残惜《なごりお》しく感じるという身勝手な感覚は、どうしようもない男の性質だと思われます。


「悠也―、どっちが良いと思う～？」

しばらくすると、美月がそんなお約束な質問をしてきた。

その手にあるのは夏物のトップスで――色は片方がブラウン、もう片方がホワイト。

……そんな美月の背後では、店員さんが微笑ましそうに俺たちを見ている。

「んー、それ単品でなら……今の髪型ならホワイト、髪を下ろすならブラウン、かな？」

普段の美月は明るい色が似合うと思うが……侮《あなど》れないのが、ネコ被《かぶ》り能力。

髪を下ろしてお嬢様《じょうさま》モードになった美月なら、落ち着いた色合いの服装も着こなす。

だが、今の髪型でもボトムス次第《しだい》ではブラウンも大丈夫だし――そもそも美月は素材が良いため、似合わない服が少ない。ハデ過ぎるのはちょっと……くらいか？

そんな事を考えていると、美月は少し考えてから口を開き。

「――それなら、髪を下ろしてる私と、いつもの私。どっちが良い？」

「どっちも好きだけど？」

服の方に意識が向いていて、深く考えずに即答《そくとう》――あれ？　俺、何言った？

「……ふえっ？」

不意を突《つ》かれた様な美月の顔が、みるみる赤くなって。

「が、外見の話な⁉」

「そ、そうだよね！　外見の話だよね、あははは っ！」

「そうそう！　深く考えずに本音が出ちゃっただけだから！」

「っ⁉　あ、あははははッ」

……なんかダメ押《お》しした気がするッ！

その後――美月が落ち着いて早々、俺たちはその店を出た。

……だって後ろの店員さん、笑顔のままなのに、お怒《いか》りオーラが出てきたんだもん。

もしかして『お一人様』だったのだろうか……？


「そういえば、結局買わなかったんだ？」

「え？　うん。今日は見に来ただけだよ。今度、雪菜と買いに来るつもりー。だから雪菜に似合いそうな服も、チェックしてたんだ～♪」

なるほど。……何か買うようなら、物によっては俺が支払《しはら》いしようかと思っていたため、少し残念に思わなくもない。

「――それより、そろそろご飯食べに向かわないとマズイかも？　もう少しで、大河くんが動き出してもおかしくない時間だし」

「おっと、そうだな。例の、駅前の所で良いか？」

「うんっ！　良い感じで外を見れる席が取れると、いろいろ楽なんだけどねー」

と。俺たちはそんな会話をしながら、今日の『本題』への準備に入る事にした――

◆　◆

さて。ここで今さらながら、俺たちがココに居る理由を説明。

原因はもちろん、例の大河の件。

昨日、理事長室に行く前の教室での話で、今日は大河も雪菜も『用事がある』と言っていたのを思い出した。

例の写真が撮られたのが、おそらく2週間前。

その後あたりから、俺たちはテスト勉強の追い込みに入り、それからテスト期間。

明けたのが昨日であるため、大河は今日まで例の場所に行く時間は無かったはず。

そして、今日は2週間ぶりのフリーな日。

もし例の場所を通ったのが一度きりの偶々《たまたま》ではなく、定期的に行っているのだとしたら、今日の用事とやらが怪しい。

もし今日は行かなかったとしても、それはそれで『優先度が低い行動』という事で、大河を擁護《ようご》する要素になり得る。

そんなわけで。例の場所に行くなら、必ず利用するであろう駅周辺で待ち伏《ぶ》せている、という理由なのだが――

「――だけど本当に、最初から尾行しなくて大丈夫だったのか？ ……追跡《ついせき》方法は後で話すって言っていたけど、そろそろ教えてくれないか？」

食事も一段落した所で、俺は話を切り出した。

俺は当初、最寄り駅で待ち伏せして追跡、と提案した。

だけど、それは必要無いと言ったのが美月。その理由も今日話す、との事で。

自信満々な美月を信じ、写真の場所と撮られたであろう時間も考え、昼過ぎまではゆっくり出来るだろうとなり。

その結果――『せっかくだから、時間まで楽しんでいよ♪』となったわけで。

「うん、話すよ。――私たちのスマホ、追跡アプリ入ってるでしょ？」

「ああ。やっぱりソレを利用するのか？」

俺たち４人のスマホには、万が一に備え、特殊《とくしゅ》な追跡アプリが入っている。

市販《しはん》はされていない物だが、非常時には簡単に起動でき、必要ならば遠隔《えんかく》操作で即座《そくざ》に通報も出来る優《すぐ》れ物《もの》。

当然の如くGPS機能も付いているため、所在地の確認は容易。

それを使うというのは、俺も予想はしていたが——

「実は大河くんのだけは、私たちのとは別物なんだよ……」

「……初耳なんだが？　なんで——……雪菜か？」

そういえば、あのアプリを俺たちのスマホに入れたのは雪菜。しかも確か、開発自体にも関《かか》わっているとか言っていた気が……？

俺たちのスマホにアプリを入れる際、雪菜は先に入れていた自分のスマホを見せて使い方を説明し、俺と美月には『同じ物を入れる』と明言していた。

だけど大河には——『念のために、大河くんのにも入れて良い？』と訊《き》いて承諾《しょうだく》を得ていたが……『同じ物』と言った記憶《きおく》は無い。

「……うん。そっちは——外部操作で、大河くんのスマホが拾った音声を他のスマホで聞いたり出来てね」

「まさか——昔、少し話題になった不倫《ふりん》調査アプリ……？」

さすがに、やや気まずそうに小声で話す美月の話を聞いて、一時期話題（問題？）になっていた『地獄《じごく》の番犬の三ツ首犬』の名前のアプリを思い出した。

「ううん、ソレじゃないよ。……まぁ、雪菜が作ったプログラムらしいんだけど。――で。

それを最近、更にアップデートしたらしくてねー……」

「……うわぁ」

やや遠い眼で話す美月に、俺も引き気味。

美月が今まで話さなかったのは、勿体《もったい》ぶっていたのではなく――単に話したくなかった
だけなのではないだろうか……？

「……ちなみに、そのアップデートには美羽《みう》ちゃんも関わっているらしいよ？」

「あの幼女さん何やってるの⁉」

美月が言った『美羽ちゃん』というのは、先月の一件で知り合った小5の少女。

基本的に素直《すなお》で良い子なのだが……いろいろな意味で侮れない子で、雪菜と会わせた場
合の危険性を恐《おそ》れてはいたが――既に予想以上の結果になってるっぽい……？

「あ、あはは……まぁ、美羽ちゃんは提案したぐらいらしいんだけど――で、その追跡プ
ログラムが、コレ」

そう言って、自分のスマホの画面を見せてきた。

その画面に表示されているアプリ。

その英文で書かれた名前は――『ティンダロス・ハウンド』

「地獄の番犬よりヤバイ犬じゃないか⁉」

……ティンダロスの猟犬《りょうけん》とは、時空も超《こ》えて追跡してくる、とってもヤバい犬。

登場は有名な某邪神《ぼうじゃしん》の神話って時点で、既にヤバさは推《お》して知るべし。

「あ、あはは……だよねぇ。美羽ちゃん、中二病方面《そっち》の素質もあるんだねぇ」

「命名も美羽ちゃんかいっ！　……だけど大丈夫なのか？　そういうのって、下手に使うと法に触《ふ》れるんじゃなかったっけ？」

たしか無許可で使うと、電波法関係やプライバシー保護関係で問題になるはず。

大河が訴訟《そしょう》を起こすとは思わないが……こんな事を本人が知ったら、信頼《しんらい》関係の方でも問題が生じかねない。

「あー……それも多分、大丈夫。本人の許可は得ているから。あと雪菜の許可も」

「――は？」

「まずアプリを入れる時に、ちゃんと許可を得ていたよね？」

「……記憶が確かなら、少々だまし討《う》ちに近い形だった気はするけどな」

だが確かに、少なくとも『ＧＰＳ機能付きアプリ』を入れる許可は得ていた。

「うん。あと……以前、バレンタインの時の騒動《そうどう》、あったよね？」

「──ああ、貰ったチョコをこっそり食べてた件か。制裁方法：唐辛子」

「……う、うん。あの一件の直後に許可を取ったんだって。『今度もし浮気疑惑《うわきぎわく》が出たら、情報収集に例のアプリを使っていい？』って」

「……そこまで行くと、もう純粋《じゅんすい》に驚嘆《きょうたん》しか出てこないわ」

自分がやらかした直後のため、大河に断るという選択肢《せんたくし》は無かったはず。

──大河の事だから、純粋に『探られて困る事は無い』って理由かもしれないが。

「その後、雪菜が私に『もし変な疑惑《ぎわく》とかが出たら協力頼むかも。その時は使っていいから』って、使い方を教えてくれたの」

「……なるほど。ツッコミ所は多々あるが──確かに許可は得ている、か」

それに、今回は親御《おやご》さんからの依頼《いらい》という大義名分もある。

後で事情を説明して謝《あやま》った方が良いだろうが、問題にはならずに済みそうか。

「それなら俺も、気兼《きが》ねなく使えるか。──で、現在の大河は？」

「えっと……あ。もうすぐ、大河くんが乗った電車が駅に着くみたい。――この距離《きょり》なら近距離《きんきょり》ストーk……こほん。近距離《きんきょり》追跡《ついせき》モードが使えるみたいだねー」

「……『近距離ストーカーモード』って言おうとしなかったか？　――で、性能は？」

「うん。距離がある時は、少なくとも私のスマホからはGPS機能くらいしか使えないんだけど、対象と1キロ以内になると、音声も拾える様になったり、とか」

なるほど。1キロなら――ここからでも、例の場所が有効範囲《はんい》に入るか。

『それなら、どうする？　ここで大河の移動経路と音声を押さえておくだけで、十分な成果が得られそうではあるけど』

「んー、それでも良いんだけど……一応、軽く後を追わない？　見える所まで近づく気は無いけど。その方が、何かあった時に対処出来るかもしれないし」

「ああ、そうか。例の写真が何の目的か、まだ分かってないしな……」

場所はそれなりに人通りがある所だから、別に荒事《あらごと》になるとは思っていないし、ましてや『自分たちで犯人を！』等とは考えていない。

でも事が起きた時の通報や、証拠《しょうこ》の確保等、何かしら出来る事はあるかもしれない。

「――あ。大河くん来たよ」

「本当だ。……どうやら本当に、今日でカタを付けられそうだな」

店の窓から外を見ると、確かに大河が店の前を通って行った。

幸い、こちらに気付いた様子は無いので、少しだけ待ってから動き出す。

「んじゃ、動くか」

「うんっ♪　ここからは尾行デートだね～」

「……イヤなデートだな？」


と、こうして始まった尾行だが……大河が向かう先は、どうやら問題の場所ではなく。

「――ここ、か？」

「みたいだねー。まずはお買い物かな？」

大河が入ったらしい店は――スポーツ用品店。

この手の店に長居はしないだろうから『まずは』、といったところだろう。

「……この手の店で待ち合わせは無いだろうけど――一応、音声聞けるか？」

「あいよー♪」

そう応えた美月がスマホを操作すると、大河のスマホが拾った店内の音が聞こえてきた。

……それはともかく――美月さん、なんかとっても楽しそうですね？

『ふむ、やはりプロテインは、いつものにするべきでしょうか――おや？』

そして聞こえてきた、大河の独り言。

「……大河くん、意外と独り言が多いタイプ？」

「正しくは、考え事を口に出すタイプ、かな。混乱しない様にって心掛《こころが》けてたのがクセになっていて、それが1人になると出るのか。――っていうか大河、何かあったのか？」

美月に応えてから、再び聞こえてくる大河の声に意識を向ける。

『……【食べるプロテイン、ささみ味】ですか。……ビルダーの方々なら、ささみは主食でしょうに……プロテインまで主食味にする意味は？　しかし煽《あお》り文句は良いですね――【筋肉の、筋肉による、筋肉のための筋肉】……素晴《すば》らしい。買ってみますか』

どうやら、トンデモ商品を見つけただけらしい。

「……キャッチフレーズって、大事なんだな」

「ね？　冷静に考えると意味はオカシイけど、確かに勢いはあるよね……」

「俺《おれ》も下手したら、怖《こわ》い物見たさで欲しくなるかも……？」

とりあえず、考案者はリンカーンさんに謝った方がいいんじゃないかなー、と。

『――お。大久保《おおくぼ》くんじゃないか。最近は見なかったねぇ――2週間ぶりくらいか？』

『ああ、こんにちは、店長。――ええ、定期試験だったもので』

『ああ、なるほど。はっはっは、学生は大変だねぇ』

今度は、そんな会話が聞こえてきた。

「……大河、どうやら常連みたいだな」

「ね。あと——2週間ぶりって事は、例の写真の日も来たって事かな？」

美月が言った通りなら——この後、あの場所に行く可能性は高い。

という事は、一緒に写っていた女性とも、この後で合流するのだろうか？


『——ところで店長。最近は大胸筋を重点的に育てたいと思っているのですが……何か良い機器はありませんか？』

『ほう？　それなら——ここら辺がオススメかな。コレなんて負荷《ふか》の幅《はば》が広いから、初心者から上級者まで使えるよ』

『ふむ、素晴らしいですね。——店長。コレを女性が使った場合の胸部への影響《えいきょう》は、どうなるか分かりますか……？』

『む？　いや【人に依《よ》る】としか——何かい？　彼女さんの胸が減るのを心配しているのかい？　色男はイイねー、この野郎《やろう》！』

『……いえ。水着の胸部に詰《つ》め物するかで悩《なや》んでたり、バストアップ特集を見て溜息《ためいき》を吐

PROTEIN

く姿を見ていますから……もうすぐ夏休みですし、何か力になれないか、と』

『――お、おぅ……すまん。ちょっと俺じゃ、力になれそうにないわ……』

「「…………」」

俺と美月は無言のまま、これ以上この店で有益な情報が得られなさそうだと判断し、会話を聞くのを止めた。……揃《そろ》って、目元を軽く押さえながら。

「……まぁ、なんだ。いい彼氏《かれし》してるよな、大河」

「ね。だけどやっぱり、これから浮気する人の会話じゃないから、やっぱり無罪《シロ》っぽいよね。――とりあえず、今の会話は録音してあるけど」

「OK、よくやった。……だけど極力、雪菜には聞かせずに済ませような？　――ってところで、そろそろ移動しよう。ここだと、店を出た後の行動次第では見つかりそう」

「だねー。じゃ、あっちに――」

と、歩き出した美月のすぐ前には――ちょうど余所見《よそみ》をしている男性が⁉

「ッ、美月っ！」

「きゃっ⁉　――あ、ありがと悠也。……っと、すみませんでした」

慌《あわ》てて抱き寄せ、ギリギリで激突《げきとつ》は回避《かいひ》。俺に礼を言ってから、ぶつかりそうになった相手に謝る美月。

「──いや、こちらこそ、すまなかった。つい考え事を──おや？」

相手の男性も謝ってきたが……何か妙《みょう》な反応を──って、あれ⁉

「──なっ、克之さん⁉」

「え？　──っ⁉」

俺が気付いて名前を告げると、美月も気付いて絶句。

美月がぶつかりそうになった相手は──話題に出た雪菜の父『沢渡 克之』氏。

40代中盤《ちゅうばん》のはずだが、纏《まと》う雰囲気《ふんいき》のせいか──『怜悧《れいり》』と称《しょう》するのが相応《ふさわ》しい容姿は、いまだに『青年』で通るほど若々しく感じる。

……例の『めっちゃ親バカ』さえ知らなければ、どこからどう見ても完璧超人。

同じく『残念な知的系イケメン』の大河と同系統ではあるが──

『大河くんは少女まんが系だけど、お父さんは耽美《たんび》系BL小説の登場人物？』

……そんな風に例えたのは、当人の愛娘《まなむすめ》である雪菜さん。

「やはり、悠也くんと美月さんか。……ぶつからなくて、本当に良かった。本当にすまなかった。――それと、久しぶりだね」

「あ、いえ！　こちらこそ、すみませんでした。お久しぶりです、克之さん」

丁寧《ていねい》に謝罪と挨拶《あいさつ》をしてきた克之さんに、美月も改めて謝罪と挨拶を返した。

俺も挨拶と――ついでに、ちょっと質問をしてみる。

「お久しぶりです、克之さん。――ですが、珍《めずら》しいですね？　こんな所にお1人で」

「ああ。近くの取引先に顔を出した帰りなんだが――少し本屋に寄りたくなってね。確かに、ここら辺には滅多《めった》に来ないから辺りを見回していたら……さっきの有様だよ。悠也くんが気付いてくれて良かった。――2人はデートかな？」

「はいっ♪」「ええ。先ほど食事を済ませて、少しブラついていた所です」

克之さんの『デートかな？』の問いに、共に肯定《こうてい》した俺と美月。

……デートはデートでも、尾行デートだけど。

しかも尾行してるの、貴方《あなた》の娘《むすめ》さんの彼氏だけど。

そして依頼主《いらいぬし》は貴方の奥さんで、貴方も無関係ではない案件の調査中だけど。

……そんな内心を顔に出さない様に、なんとか取り繕《つくろ》った。

そんな俺たちに、克之さんは微笑《ほほえ》ましいとでもいうような笑みを向けて。

「相変わらず仲が良さそうで、何よりだね。――さて、私はそろそろ行かなければ。またね、悠也くん、美月さん」

「「はい、また！」」

そう挨拶を交《か》わして、去っていく克之さんを2人で見送る。

そして、十分に離れた後――

「――それで美月、偶然《ぐうぜん》だと思うか？」

「んー、どうだろ？　理由の説明に不自然な所は無かったし、特に動揺《どうよう》も出てなかったけど……それくらい、あの人なら簡単に取り繕えるだろうし」

調査中の案件の関係者と、たまたま遭遇《そうぐう》する。

そんな事態を『偶然』の一言で片付けられるほど、俺も美月も純粋ではない。

「でも、近くに美月の所の会社と取引がある企業があるのも本当なんだよな。……本当に偶然の可能性も、無くはない、か」

「んー、どっちみち偶然じゃなくても意図は分からないんだし、少し警戒《けいかい》しながら継続《けいぞく》、って感じでいいんじゃないかなー。――ところで悠也？」

「それもそうか。――で、どうした美月？」

これが偶然であろうと、なかろうと。現状で確かめる術は無いし、採れる手段もこの先の行動も、なんら変わらないわけで。ならば、気にし過ぎるのは無駄だろう。

――それはともかく……何か美月が、少し楽しそうな顔で問いかけてきて？

「んー、いつまで、この体勢なのかなって。っていうか、現状の自覚ある？」

そんな事を言ってきた――俺の腕の中に居る美月。


「――あ」

衝突回避《しょうとつかいひ》のために抱き寄せて、そのままだった。

っていうか、別《わか》れ際《ぎわ》の克之さんが笑っていたの、これが原因か！

「んー、私としては、もう少しこのままでも良いんだけどね？　緊急回避《きんきゅうかいひ》とはいえ、悠也から抱き寄せてくるって滅多に無いし♪」

そう言う美月の笑顔《えがお》は、悪戯《いたずら》っぽくもあるが――少し、でも確かに、嬉《うれ》しそうで。

それに、指摘《してき》されて慌てて離れるというのも、何だか負けた気がするわけで――

「……『もう少しこのままでも』って、いつまで大丈夫《だいじょうぶ》なんだ？」

「ふえっ⁉　あ、えっと……」

軽く反撃すると、美月の頬の赤みが増し、少し慌てた様子に。それでも――振《ふ》り解《ほど》こうという様子は見られない。

……同時に、美月は俺の冗談《じょうだん》くらいは軽く見破る。それなのに慌てているという事は――俺は軽い気持ちで言ったつもりだったけど、離したくないという本心が……？

俺自身も無自覚だった本心に気付き、戸惑《とまど》っている内に……躊躇《ためら》いがちながら、美月も手を俺の背中に回し――

『――接近警報。接近警報。対象との距離が一定以下になりました』

「「うおわぁぁあッ!?」」

美月のスマホから突如《とつじょ》として聞こえてきた『警報』に、俺たちは慌てて離れ。

「な、何が起こった!?」

「ち、ちょっと待って――って、あ。大河くんが、こっちに近づいて来てる！」

そう言って、例の追跡アプリの画面をこちらに見せる美月。

「そうか、コレの接近警報だな？　……俺たちの接近警報じゃないんだな？」

「あ、あはは……私もちょっと驚《おどろ》いた――って、早く動かないと見つかるよっ」

そう言って、安堵《あんど》しかけた俺を急《せ》かす美月。

俺も急いで移動――しようとしたが、少し考えて……美月に、手を差し出した。

「――急ごうか、美月」

「あ――うんっ♪」

俺の手を取り、嬉しそうに頷いた美月と、急ぎ足でその場を離れた――

「ねー、悠也〜？」

「なんだー？」

「また『誘《さそ》い受け』♪」

「……やかましい」

◆　◆

その後、大河の行動を追うと。

スポーツ用品店の後は、雑貨屋に行った大河。目的は、筋肉の疲《つか》れを解すためのマッサージ用品。あまり良いのは無かった様だが、ついでに見たサプリを買っていた。

その後は本屋で――トレーニング関係の本を物色して購入《こうにゅう》。その後に、同じくそれ系の雑誌をパラ見してから店を出た。

「……アイツ、今日は筋肉づくしか？」

「みたいだねー。……あ。でも大河くんが向かってる方向、例の場所の方だよっ！」

　言われてみれば確かに、写真に写っていたホテルの方に向かっている。そして時間も、撮影《さつえい》された時間として予想していた時間の範囲内《はんいない》。

「でも――例の女性とは合わなかったな？」

「ね？　偶然会った知人って感じなのかな？」

　ただ、まだ油断は出来ない。

　宿泊施設《しゅくはくしせつ》の中で合流というのも、絶対に無いとは言えないし。

　とりあえず大河の動向を注視するため、追跡アプリの地図を見ながら――ホテル前の道に大河が入ったら、その背後から監視《かんし》できる位置に先回り。

　目立たない場所に目的地には背を向ける形で立ち、２人でスマホを弄《いじ》っている――様に見せかけて、背中越しにスマホのインカメで監視という、念を入れた隠密《おんみつ》態勢。

「その追跡アプリ、移動経路の記録とかも出来るのか？」

「うん、もちろん出来るよー。だから、大河くんがホテル前を通過してさえくれれば、入らなかったたっていう証拠はＧＥＴだねー。――と、来るよ」

美月が言ってすぐ、大河が姿を見せた。

そして、インカメ越しに見ている俺たちには気付かず歩いて行き――

無事に、例のホテルの前を通過した。

「うん、やっぱり無事に通過したね～♪　後は、何処に向かうかだけ確認《かくにん》して終わりかな。

……って、悠也どうしたの？」

「ん？　いや、そういえば、と――」

安心して余裕《よゆう》が出た事で、ちょっと別の事に意識が向いて。

それは――例の写真は何処から撮《と》られたのだろう、という疑問。

念のためにとスマホで撮影しておいた、例の写真を見直し。

ホテルの位置関係から、あそこら辺……と、あたりを付けたビルの陰を見て――

「っ、悠也っ⁉」

脱力《だつりょく》して膝《ひざ》から崩《くず》れ落ちた俺を見て、美月が慌てた声を出した。

「……美月。ちょっとあそこを見てみ？　あのビルの階段の横」

「へ？　えっと、あのビルの――……うっわぁ」

俺と同じものを見た美月も、脱力してしゃがみ込み、頭を抱《かか》えた。

そこには――1人の男性が、いかにも『隠《かく》し撮《ど》りしてます！』といった格好で、望遠レンズ付きのカメラを構えていた。

その男性は、大河がホテル前を通過して戻《もど》ってくる事が無さそうなのを確認すると、カメラを片付け――今度はテレビのロケで使いそうなゴテゴテの集音機を取り出し。

それを構えて忍者《にんじゃ》の様な滑《なめ》らかな動きで――しかし、めっちゃ日立つ格好で、大河の後を追いかけている様子。

「「…………」」

俺と美月は顔を合わせ――お互《たが》いに表情が死んでいるが、頷《うなず》き合ってから、その男性の後ろを追う形で大河の行き先を確認に向かう事にした。

そうして追跡を始めて、わずか数分後。大河は、ある建物に入って行った。

その建物の看板には――『ロドリゲス・トレーニングジム』。

「……こんな所に、スポーツジムがあったんだな」

「最初に調べておけば、確実に『ココ行ったんじゃね？』って予想してたよね……」

そんな話をしながら、念のためにと追跡アプリで音声を収拾《しゅうしゅう》。


『――これはロドリゲス氏、こんにちは』

『やぁ大河くん、2週間ぶりかなぁ？　テストは無事に済んだかぁい？』

『ええ、つつがなく。ですので、また全力で筋肉の育成に取り組もうかと』

『はっはっは、その心意気や良し！　特別コースも歓迎《かんげい》だよぉ？』

『……いえ、ノーマルコースで』

『あ、大久保くんだ。お久しぶりー』

『これは黒木女史、お久しぶりです。――おや、本日ご主人は？』

『今日は仕事。本庁勤務になってから忙《いそが》しいみたいでねー』


そんな会話の背後からは、室内のBGMと思われる音楽と、様々な機器が動く音。

会話こそ和気藹々《わきあいあい》としているが、健全かつ本格的なジムに間違《まちが》い無《な》さそう。

大河くん、本当に今日は筋肉づくしの模様。

「……何となくだけど、今の会話の女性が写真の人かな？」

「そうだと良いな。既婚者《きこんしゃ》みたいだし、旦那《だんな》さんとも面識あるっぽいし」

出口で張り込んでいれば確認する事も出来るが、そこまでする必要は無いだろう。

ここまでの情報で、依頼主の夏実さんも納得《なっとく》するだろうし——何より、今回の一件の詳《くわ》しい事情を知ってそうな人物が、目の前に居るし。

「で、悠也。……あの人どうする？」

先ほどまで、事件解決の喜びと安堵で輝《かがや》いていた美月の瞳《ひとみ》が……また虚無《きょむ》を宿した。

そして恐らく、俺の瞳もそんな感じになってるだろうなーと思いながら——前方で集音機を構えている男性を見る。

「夏実さんと雪菜に報告は当然として……ちょっと俺たちも尋問《じんもん》しとこうか」

「……だね」

行動を決めた俺たちは、前方の不審者《ふしんしゃ》の背後から近づく。

その男性も満足な音声を拾えたのか、俺たちの目の前で集音機を下ろし。

「——これは、確実に無罪《シロ》の様だな。良かった……」

そんな独り言を呟《つぶや》いた彼《かれ》の背後に忍《しの》び寄り。

「——貴方は確実に有罪《クロ》ですけどね、克之さん」

「……全く良くないです。何やってるんですか克之さん……」

「ふおおおおおぉッ⁉」

驚きのあまり本当に飛び跳《は》ね、そのまま壁《かべ》まで全力で後退《あとずさ》る克之さん。

その姿には、先ほどの『エリートビジネスマン・オーラ』など一切《いっさい》無い。

この人、雪菜が絡《から》むと度々《たびたび》暴走し、短絡的《たんらくてき》な行動をしがちなのは知っていたけれど……ここまでとは思っていなかった。

そんな親バカ——もとい『バカ親』を、冷たい眼で見る俺と美月。

その視線に気付いた克之さんは、慌てて服を整えて姿勢を正し。

「——やぁ、悠也くん美月さん。こんな所で何をしているんだい？ ……まさか、あそこの宿泊施設から出てきたわけじゃ——」

「違《ちが》います」

最後まで言わせず、揃って即答。

平常時に言われたら動揺したかもしれないが、この状況《じょうきょう》では揺《ゆ》るぎ様もない。

お返しに、俺はスマホ内の、例の写真の画像を見せ。

「——夏実さんに依頼されて、この写真に関する調査を。そのために大河を尾行《びこう》していたら、貴方と遭遇したというわけです」

そう告げると――俺のスマホの画面を見た克之氏、その姿勢と表情のまま、頭から汗《あせ》がダクダクと流れ始めた。

「それで――先ほど克之さん、カメラ構えてましたよね？　……なぜ、この写真が撮影されたと思われる場所で？　その後の追跡も、どんな理由で？」

俺に続いた、美月の追撃《ついげき》。克之さん、汗ジト流しながら、ジリジリと後退――


と、そんな時。美月のスマホの着信音が流れた。


「……誰《だれ》だろ？　――雪菜から!?」

「ッ!?」

……このタイミングで、雪菜からの着信。

克之被告《ひこく》は言うに及《およ》ばず……俺と美月も、背中に薄《うす》ら寒《さむ》いモノを感じる。

スマホを怖いモノの様に持ち、俺に視線を送ってきた美月に、頷きを返し。

それに美月も応《こた》えて頷き――通話を始めた。

「も、もしもし雪菜？　どうしたの？」

『あ、美月ちゃん♪　今大丈夫ー？』

俺たちにも聞こえる様に、スピーカーモードでの通話にしたらしい。

必死に冷静さを保っている美月と、いつもより少しテンション高めの雪菜の声。

固唾《かたず》を呑《の》んで見守る俺と克之さんの前で、通話は行われ――

「あ、えっと……今、ちょっと立て込んでるんだよー」


『――うん、知ってるよ～？』


「「「ッ⁉」」」

……明るい声なのに、妙に暗くも聞こえる声に、全員がぞくりと身を震《ふる》えさせる。

怪談《かいだん》の『メリーさん』の声は、きっとこんな声なんじゃないだろうか……？

そして――絶句している美月に構わず、雪菜の声が続く。

『そこに悠也くんも居るよね♪　あと――お父さんも』

「ひぃっ⁉」

まるでメリーさんに『今、貴方の後ろに居るの』と言われた様な反応の克之氏。

『ね、お父さん♪』

「な、何かな雪菜ちゃん……？」

愛娘に呼びかけられ、震える声で応えた父親に、娘さんの言葉は——


『——全部、知ってるから』


「すみませんでしたッ……!!」

父、速《すみ》やかなる土下座。

言い逃《のが》れは不可能と悟《さと》ったらしく、即座に全面降伏《こうふく》した克之氏。

……っていうか雪菜さん、何気にぶちキレてません？

「え、えっと……雪菜？　私たちは、あんまり事態を把握《はあく》してないんだけど……」

『あ、ごめんね。じゃあサクッと』

そうして説明された、今回の件の全容。
まず、この沢渡克之氏。普段《ふだん》から定期的に、大河の身辺調査を行っていたらしい。
大河の人格と能力は認めているため、雪菜との仲も『一応の賛成』というスタンスだが
……愛娘のお相手を『歓迎』できるかは別、という事らしい。

で。その際の調査を依頼する相手を、定期的に変えていて。

それは様々な情報源から多角的な情報を集めたいから、らしいのだが——最近頼《たの》んだ調査会社が、利益目当てでやらかした。

例の写真を撮って『他社が確保できなかった情報を入手した。だから今後はウチだけを』『もっと調査するから追加料金を払《はら》え』と言ってきて。

それを怪《あや》しい、おかしいと思った克之氏は、自分で調査を——と、行動を起こした結果、俺たちに見つかった、という状況。

「……じゃあ、夏実さんが見つけた写真は？」

『多分、脅《おど》し目的の追撃だったんじゃないかな？　朝、お父さんが出勤する時に見つけるだろうって思って入れたのを、お母さんが見つけちゃったっていう……』

「……本当に、タチの悪い業者に当たったんだな。——あれ？　でもそれなら、克之さんはそこまで悪くは——」

確かに事の発端《ほったん》は克之さんが、何も悪い事をしていない大河の調査をしていた事。

だけど別に罠《わな》にハメようとしていたわけでもないし、今回の件でも、大河の浮気疑惑の調査を疑って、自分で調べたりもしたわけで。

と、そんな擁護《ようご》の言葉を口にした俺に、克之さんは救世主を見る様な目を向け。

「あ、ありがとう悠也くん！　そうだ雪菜。パパが悪くなかったとは言わない。しかし一番悪いのは、あの業者だ。早く対処をしないと――」

『――もう、終わったよ？』

「「……………おぅ」」

この状況を切り抜《ぬ》けようとした克之さんの脱出口《だっしゅつこう》、すでに雪菜が潰《つぶ》していた。

「――あ、あれ？　昨日、向こうから連絡《れんらく》来たが……？」

克之氏、再び変な汗を流しながら、スマホを取り出し例の業者に連絡を。

『――お掛けになった電話番号は、現在使われておりません――』

「「…………」」

業者さん、完全に消えております。

顔が真っ青な克之さん。俺と美月もドン引きしている中、さらに雪菜の声が続く。

『あと……お父さんが悪い点だけど。——調査費、家の貯金の予備費から出してるよね？　お母さんにも言わずに』

「「……うっわぁ」」

追加情報を聞き、『弁護して損した』という眼を向けると——必死に顔を逸《そ》らしている被告人《ひこくにん》。

『主にお父さんが稼《かせ》いだお金だし、赤字にはなってないから、実害が無いならって黙《だま》ってたけど……お父さん、何か言う事はある？』

そんな、娘から父への最後通牒《つうちょう》。

それに対し、目の前の罪人は……しばし俯《うつむ》き考えた後、天を仰《あお》ぎ——吹《ふ》っ切れた様な爽《さわ》やかな笑《え》みを浮《う》かべ、スマホに向けて言葉を発した。

「——雪菜ちゃん。昔みたいに『パパ』って呼んで良いんだよ？」

『…………何を現実逃避《とうひ》しているんですか『沢渡氏』。——母には報告します』

「一気にビジネス対応⁉　あとママには止めて‼　ママはワンパン最強なんだよ⁉」

『――では、失礼します沢渡氏』

「うわぁあああああっ⁉」

――悲報：対応を間違えた父親、終わる。

俺と美月は、通話が切れたスマホと――叫《さけ》び声《ごえ》を上げた後、燃《も》え尽《つ》きた感じになっている『沢渡氏』に、何度か視線を行き来させてから。

「……帰るか」

「そだね」

短く言葉を交わして、その場を後にする事にした。

そして少し歩いたところで、今度は俺のスマホに、雪菜から着信。

「――はい、もしもし」

『あ、えっと……悠也くん、美月ちゃん。今回、迷惑《めいわく》かけちゃってゴメンね……』

さっきまでの『断罪者』っぷりが嘘《うそ》の様に、しおらしい態度で謝ってきた雪菜。

俺と美月は顔を見合わせ、笑みを交わしてから。

「雪菜が悪いわけじゃないんだから、気にするなって」

「そうそう。私たち、今日はついでにデートもしてきたしね～♪　でも、大河くんには話しておいた方が良いかも？　私たちも尾行しちゃったから、今度謝《あやま》るけど」

俺たちの言葉の後、電話越《ご》しに小さな笑い声が聞こえてから。

『うん。大河くんには今夜話すつもり。あと、ちょっと実家に戻って家族会議になると思うから――明日の約束、後日にしていい……？』

そういえば、俺と美月の今後の方針……主に『俺から甘《あま》えるには』とかの相談をする約束だったたか。

「今日の進展次第《しだい》では相談どころじゃなくなると思っていたし、別にこちらは急ぎじゃないから、問題無いよ。――な、美月？」

「うんっ。じゃあ悪いんだけど、大河くんにも伝えておいてくれるかな？」

『うん、分かった。――ごめんね。あと、ありがとう。じゃあ、また月曜日に』

最後は明るく会話を交わし、通話は終了《しゅうりょう》。

「ふぅ……。無難に落ち着いて良かったな。――1人を除いて」

「ね？　雪菜たちが別れるとかイヤだし、何も無くて良かったよ――1人を除いて」

おそらく今も燃え尽きた状態で居るのであろう、あの残念エリートビジネスマン。

あの人だけは、本人が原因だから仕方がない。

……あと貯金の使い込みは、擁護のしようがない。

共同生活における金銭関係の不正は、一発アウトの危険がある行為《こうい》。

まぁそれでも……雪菜の事だから、克之さんを見捨てる事は無いだろうけど。

「──そういえば。雪菜、やっぱりぶちキレてたよな？」

「あー、だよねぇ。多分、克之さんが大河くんに迷惑かけた形になった事より……例の潰した調査会社への怒《いか》りが、まだ残っていたってだけじゃないかな？」

先ほど見た『メリーさん断罪者ver.』で、まだ『怒りの余波』という現実。

……その直撃《ちょくげき》を浴びたはずの悪徳業者がどうなったか、考えたくもない。

「あっ」

「ん、どうした？」

不意に、何かを思い出した様にスマホを取り出す美月。

「うん。大河くんの追跡《ついせき》モード、まだ有効にしたままだったから──」

と。美月が操作を行おうとすると──ちょうど大河のスマホ経由の音声が。

『た、大河くん!!　急に倒《たお》れて、どうしたんだぁい!?』

『大久保くん──スマホ見たまま死後硬直《こうちょく》みたいに固まってる!?』

『……い、今、突然《とつぜん》メールがきましてっ……【今晩、お話があります。あと明日、実家に帰らせていただきます】と……』

『そ、それは――大久保くん、何をやっちゃったの⁉　心当たりは？』

『……ありません。面と向かえば何を怒《おこ》っているか、ある程度は分かります、ですがメールでは……まさか、それも見越《みこ》して⁉　私は何をしたのでしょうっ……⁉』

「「…………」」

大河くん。全く非が無いのに、思わぬ所で誤爆《ごばく》の流《なが》れ弾《だま》が直撃した模様。

「……ちょっと雪菜に『早くフォローしな？』って電話するよ」

「……ASAP《可能な限り早く》でヨロシク」

◆　　◆

あれから。帰るにはまだ早い時間だったため、再びショッピングモールをブラついて時間を潰した後、フードコートで少し早めの夕食をとってから帰宅。

寝《ね》るにはまだ早いので、昨日のテストで自信が無かった所の復習をする事に。

——ただし。俺《おれ》の部屋ではなく、美月の部屋で。

そしてまた、美月は俺と背中合わせで——今は経済方面の情報収集中、かな？

……いや、最初は普通《ふつう》に解散のつもりだったんだ。

でも、俺が玄関《げんかん》を開けて自分の部屋に入ろうとした時、美月が『悠也はこの後、もう寝るのー？』と訊《き》いてきて。

『少し復習してから』と応えると、『じゃあ、私の部屋でやらないー？』と……。

美月がこの体勢を望むのは、何かの不安を抱《だ》いているか、精神的に疲れている時が多く、自覚の有無《うむ》はともかく——おそらく精神安定を求めてのもの。

今日、美月は楽しんでいたと思う。それなのに何故《なぜ》、この体勢に……？

——何かあったか？　食事中とか帰り道で……あ。


「——浮気《うわき》の話」

「っ、んー、どうしたのー？」

——やっぱりコレか。

取り繕った美月だが、最初に少しビクッと反応したのを、俺は見逃《みのが》さない。

……夕食中。今回もし、本当に大河が浮気していたら、という話になって。

主に大河の謝罪バリエーションやら、雪菜の制裁手段などを話す程度の、軽い笑い話だったのだが。

最後の方で『でも、大河くんが浮気するとは、全然考えられないけどねー』と言った美月に対し、俺は『こういう事で【絶対】は無いから、分からないぞー？』と。

あまりに些細《ささい》だが……美月が不安になりそうな話は、コレくらいしか浮かばない。

――さて、どう話を振ろうかな、と。

ここで馬鹿正直《ばかしようじき》に『浮気の話を気にしてるの？』と訊くのは微妙《びみよう》だし――うん。

『――いや。もし今回の大河みたいに、浮気疑惑《うわきぎわく》の写真を俺が撮られたら、どうなるのか、って思って』

「あ、あはは……そういう事かー」

そう言って笑う美月だが、動揺したせいか肘《ひじ》が俺に当たった……地味に痛い。

「んー、やっぱり今回みたいに真偽《しんぎ》を確かめるのかなー。でも今回とは違って雪菜にお願い出来るだろうから調べるのは楽だよね多分、あははっ」

——ゴスッ　ゴスッと、2度ほど肘が当たる。地味に痛い。（x2）

いつもより早口で、明るく……いや『無駄《むだ》に明るく』話す美月。

「……俺が女性との写真撮られるなら、一緒《いっしょ》に写る可能性が一番高いのは雪菜だぞ？」

「あー……そうかぁ。——うん。雪菜なら、多分、ギリギリ許せる……？」

——ゴスッ　ゴスッ　ゴスッ
何かを考えている様子で、独り言のように呟く美月。

「……いや、しないから浮気なんて。ましてや雪菜はさらに可能性低い。確実にウチら4人の両親からボッコされるし、何より大河が怖《こわ》い」

仮にそうなった場合。大河が暴力行為に及ぶとは思わないが——恨《うら》みと悲しみを込めた眼で四六時中、物陰《ものかげ》からこちらを見てくる、等だろうか。

……フと振り返れば高確率で目が合う状況——高確率で精神がやられる。

「もー、そういう危険が無ければやるのー？」

「いや、違うから。雪菜と浮気する可能性が、さらに低いという根拠《こんきょ》、だからな？」

——ゴスッ　ゴスッ　ゴスッ　ゴスッ
「あははっ、分かってるよー。本気で、浮気の心配してるわけじゃないよ？　でもちょっと、気分悪いなーって、それだけだよー」

——ゴス　ゴス　ゴス　ゴス　ゴス　ゴス　ゴス

今度は呑気《のんき》に聞こえる口調で、むしろいつも以上にゆっくり話す美月。

「……ああ、うん。悪かった。——ところで美月さんや？」

「んー？　どうしたのー？」

——ゴスゴスゴスゴスゴスゴスゴスゴスゴス

「……さすがに痛いんですが？」

「——え？　……あっ⁉　ごめんっ！」

「無自覚だったの⁉」

最初は偶然当たっただけだと思っていたが……その後からは、普通にヒジ打ちで。それを俺は、じゃれ合いに少しの抗議《こうぎ》とイラ立ちを混ぜたものだと思っていた。

もちろん意図的で、半分くらいは冗談も混ぜていると思っていたのだが……。

「……美月さんや」

「な、なんでしょう、悠也さんや……？」

無自覚でやっていたという事は、完全に本心という事で。

そして、美月に『そういう感情』がある事を、少し前の一件で知ったばかり。

だから、それが『どの程度か』は知らなかったのだが、これは予想以上に——

「この前の美羽ちゃんの件でも思ったけど——意外に、ヤキモチ妬《や》き……？」

「っ、あ、あうぅぅっ……！」

恥《は》ずかしそうに声を上げ、頭と膝を抱えて丸くなる美月。……それでも、背中合わせで座《すわ》っている位置から動こうとはしない。

「——だ、だって！　この前の美羽ちゃんの件で、変なスイッチ入ったっていうか……心配どころか『浮気』って言葉自体、全然意識してなかったんだよぅっ！」

「あー、そうか。……近づいてくる異性って、基本的に警戒対象だったからな……」


俺たちは、物心ついた頃《ころ》から『許嫁《いいなずけ》』。

そして、それは家族も自分たちも公言していて、ずっと仲も良かった。

そんな俺たちに接近しようとしてくる異性は——はっきり言うと、何らかの害意を持っている者が多く。

自分の子と俺たちをくっつけて、俺たちの親に取り入ろうという企《たくら》みなら、まだマシ。

ハニトラもどきや——単に『金持ちは気に食わない』『オトして金を搾《しぼ》り取る』といっ

た下衆い人間もそこそこ居た。

そして、そういう人間が多いという事は――美月には８つ離《はな》れた兄が居るのだが、彼を見ていたため、早いうちから知って『……大変だな。気を付けよう』と思っていて。

だから、自分たち以外で近づいてくる異性は警戒《けいかい》対象。中には俺たちの関係を知らない等で、純粋《じゅんすい》に好いてくれた人も居るかもしれないが……自分たちの関係に不満が無かった事もあり、警戒を解く理由にはならなかった。

……逆に。こんな状況だったから、俺と美月の仲がより深まったのかもしれない。

とにかく。そんな状況だったため、自分たちからリスクのある関係をしに行く可能性など、全く考えていなかった。

だから――美月はこの前の一件で、わずかとはいえ俺に対して『浮気』という言葉を考えてしまったため……慣れない感情を持て余している、という事か。

「むぅ……こうなるなんて、自分でも思ってなかったよぅ……で、でもほら！　雪菜よりは大丈夫だよねっ⁉」

「……まだ錯乱《さくらん》しているからだろうが、かなり失礼な事を言ってるからな？　それに――雪菜がヤバイのは確かだが、あれは嫉妬《しっと》とは少し違うと思うぞ？」

「あっ……」

背後の美月から、軽いショックを受けた様な声がしたが――雪菜に失礼な事を言ってしまったせいか、雪菜の性質に思い至ったからか。……両方かな？

雪菜は確かに、いろいろとヤバめな行動が多々ある。電子ストーカー的な監視に、苛烈《かれつ》な制裁などなど。だが、それでも近づいてきただけの女性に害を与《あた》えたり、不可抗力《ふかこうりょく》な状況の大河に制裁を与えたり等は、一切無い。

それどころか、普通に大河に告白して振《ふ》られた子と話して、なぜか翌日には仲良くなっていた事もある。だから――まともな行動の範囲《はんい》では、むしろ意外なほど寛容《かんよう》。

「雪菜とかのヤンデレさんは――深い愛情の『深い』の部分が、『闇《やみ》』とか『病《や》み』にクラスチェンジしたとか……『奈落《ならく》』レベルまで深化したとかじゃないか？」

愛情深さの裏返しというか、それが暴走した結果というか。

たぶん真っ当に進んでいれば、むしろ美徳になっていた要素なんだと思う。

「んー、じゃあ私のはどうなんだろ……？　たぶん、慣れれば落ち着くと思うんだけど――あ、そうだ。そういう悠也はどうなの？」

「ん？　俺が、美月の浮気疑惑の写真を見せられた場合、か？」

自分が持て余している感情の事を、いろいろ考えていたらしい美月だが。その気分転換《てんかん》か、参考にするためか、俺に話を振ってきた。

「んー、やっぱり真偽を確かめるのが最初だな。それで悪意が無いなら、笑い話にして軽く注意して終わり。もし男の方に、何か妙《みょう》な狙《ねら》いがあったら――」

……そう考えると、すこしイラ立ちが。

だが、取り乱してはいないし、誤差範囲だろう。大丈夫《だいじょうぶ》。

『――あれ？　悠也？　もしもし……？』

うん、俺は冷静だ。落ち着いている。落ちついて……落ち……堕《お》ち……。

心静かに――鎮《しず》め――沈《しず》め――心を鎮め――沈め――奈落まで沈め……。

「……とりあえず、相応の報《むく》いは受けてもらうな。――どうやって消そうか」

「悠也⁉」

なぜか、美月が慌《あわ》てた声を上げたが大丈夫。ボクは冷静で落ち着いています。

心は凍《い》てつくほどに冷静で――とっても『堕ち着いて』います。

「……やっぱり雪菜に頼もうか——いや雪菜や大河に手を汚《よご》させるのはアレだから、こういう時こそレッツ権力行使。父さんたちと美月のご両親にも協力してもらって——」

「悠也っ⁉　恐《こわ》い恐い恐い恐いッ‼」

美月がさらに慌てているが、なんでだろう？　そうだ。美月にも意見を聞こう。

「——やっぱり一思いに一気にヤるより、ジワジワとシメた方がいいよね？」

「し、正気に戻りなさいッ……！」


美月が振り向きざま——言葉と共にボディーを『ゴスッ！』と。

「ごふっ⁉　ごほっ、あ、あれ？　俺は何を……？」

……なんだか、妙に暗い感じの思考をしていた朧《おぼろ》げな感覚はあるが——

「あ、あはは、良かったぁ元に戻って……いやぁ、悠也が雪菜なみのヤッバいの飼ってるなんて、思ってもいなかったよ……」

そんな言葉を聞いて——先ほどまでの己《おのれ》の思考と言動を、完全に思い出した。

同時に——すさまじい自己嫌悪《じこけんお》と恥ずかしさがっ……！

「……どうも、すみませんでした」

「あ、あははっ。——うん、大丈夫だよ。……ちょっとだけ、嬉《うれ》しい気もするし」

……小声でそんな事を付け加えられると、さらに気恥《きは》ずかしくなるわけで。

現実逃避をしたくなり、思わず天を仰ぎ——と、その瞬間《しゅんかん》。

「——ていっ」

『うおわッ⁉』

俺の行動を読んでいたのか、俺の上体が反《そ》った瞬間、美月が俺を後ろに倒し。

完全にバランスを崩して、後頭部を畳《たたみ》に——打つと思ったら、適度に柔《やわ》らかい感触《かんしょく》。

そして目の前には、俺を見下ろしている——美月の微笑《ほほえ》み。

「……膝枕《ひざまくら》？」

「うんっ♪　いつかやってみたいって思ってたんだよー」

そう言って……俺の頭を、優《やさ》しい手付きで撫《な》でる美月。

正直に言えば、激烈《げきれつ》に気恥ずかしいのだが……なぜか、起き上がる気にならなくて。

——さっき、あんな事を考えたせい、かな？

自分の行動理由に思い至り……なぜか諦《あきら》めに似た感情を抱いていると。

「悠也が素直《すなお》に甘やかされてくれるの、珍《めずら》しいよね。……やっぱり悠也も、想像するだけでイヤだったの？」

「……やかましいです」

完全に見透《みす》かされている言葉と――慈《いつく》しむ様で、同時に嬉しそうにも見える、微笑み。

気恥ずかしい俺は、顔を隠すために寝がえりを打ち――だけど向くのは外側ではなく、美月の腹部に顔を埋《う》める様に、内側に。

驚《おどろ》いたのか、同時に美月が『ぴくっ』と反応したのが、頬に伝わる。

「……ちょっと、びっくりした」

「――絶対に、後で恥ずかしくて悶《もだ》える自覚はあるけど……それなら現在進行形の内は、とことん行く事にした。……イヤなら退く」

「イヤじゃないよ、全然。――さすがにうつ伏《ぶ》せになって『くんかくんか』とかされたら落とすけど」

「俺は変態かっ」

そんな軽口を叩《たた》き合いながらも――俺は完全に力を抜いたままだし、美月は変わらず、俺の頭を撫で続けていて。

「――このまま、耳そうじしてあげようか？」

「……耳かき無いだろ」

室内にはあるんだろうが――それを取りに行くには、この体勢を止める必要があり。

……一度降りると、『もう一度』と頼める自信は無い、のだが――

「実は、すでにココに有ったり」

「……なぜに？」

「いつかやってみたいなーって、隙《すき》を窺《うかが》ってたんだよー♪」

「……その用意周到《よういしゅうとう》さ、ある意味で雪菜より恐いんだが？」

気恥ずかしさと……してやられ続けている悔《くや》しさも、少し。

そんな理由で言ってみたのだが――聞こえてきたのは、美月が小さく笑った声で。

「それは当然だよ。だって――ヤンデレさんって、愛情深さの裏返しなんでしょ？」

何を――と、少し考えて、すぐに思い至った。

美月が言っているのは――そして言うのは、ソレを向ける対象の話。

「――だったら、雪菜のお相手は大河くんで。悠也は――私の、日那様《だんなさま》なんだから♪」

嬉しそうに話した美月。だけど、途中《とちゅう》で少し考えたのを見逃さなかった。

だから、少し指摘《してき》してみる。――気恥ずかしいのを誤魔化《ごまか》す意図も込みで。

「……俺との関係、何て言うか悩《なや》んだな？『恋人《こいびと》』か『婚約者《こんやくしゃ》』も候補だった？」

「あははっ、うん。なんだか、『旦那様』が一番すっきりする感じがしたんだよ」

「……ま、いいけどね」

現状で目指している『恋人』じゃなくていいのかと、思わなくもなかったけど。

少しだけ残念で、だけどそれ以上に納得と……嬉しさがあったし。

「そんなわけで――耳そうじ、はっじめっるよ～」

「……どういうわけ？　――お願いします」

美月も照れ隠《かく》しか、すこし茶化《ちゃか》し気味の開始宣言に、俺も逆らわず。

そうして――心地《ここち》の良い感覚に、身を委《ゆだ》ねる事少々。

「――素直な悠也、なんだか可愛《かわい》いねー」

「……やかましいです」

「これくらいなら、いつでも甘えてきて大丈夫だよ？」

「……………やかましいです」

「あははっ、なんだか間が長かったねー」

……そんな事を言われたが、俺は大人しくしている事にした。

だって、耳そうじ中に動いたら危ないし。

……他意は無い、と、思ってください。

間章 何も無い1日の2人

「んー、っと……？」

朝。自室のベッドで目を覚ました俺は、まだ少し寝ぼけた頭で、今日の予定を思い出そうとして——ああ、そうか。今日は何も無かったんだっけ。

本来は大河《たいが》と雪菜《ゆきな》を呼んで、相談をするつもりだった。

だけど昨日の一件の影響《えいきょう》で、その予定は無くなって。

だから、やる事と言えば……一昨日までのテストを振り返っての復習くらいか？

——いや、そういえば……美月《みつき》が『明日、何か予定ある〜？』とか訊いてきたか。

特に無いと答えたら『そっか〜♪』と笑うだけで何も教えてくれなかったが……アレは確実に、何かを企んでいた。

——まぁ、今日の朝食は美月の番だし。その時に訊けばいいか……あれ？

……そこそこの時間のはずなのに、美月が動いている音がしない。

美月は寝るのが好きではあるが、実は寝起《ねお》きは良い方。

意図的に寝坊《ねぼう》する事はあっても、素で寝坊して当番すっぽかした事は無い。

——何か、あったか？　確かめに行った方が良いか…………ん？


…………起き上がろうとした事で、やっと異常に気付いた。

エアコンを入れて寝るため、夏場でも掛《か》けている肌掛《はだが》け布団《ぶとん》。

それが、明らかに俺以外の要素で、ちょうど1人分くらい盛り上がっていた。

「…………」

肌掛けを、ペラッとめくってみると——見知った少女がうつ伏せで頬杖《ほおづえ》をつき、こちらを楽しそうに眺《なが》めていた。

「…………ぐっもーにん」

「グッモーニ～ン♪」

現実逃避気味に言った俺に、笑顔《えがお》で返ってきた挨拶《あいさつ》。

「…………」

俺は無言で、肌掛けを掛け直し。少し考え——布団《ふとん》から枕元《まくらもと》方向に抜け出し。

「……何やってんだ美月？」

「あははっ！　おはよっ悠也《ゆうや》♪」

被《かぶ》さる肌掛けごと身を起こした美月が、楽しそうに朝の挨拶。

「……うん、おはよう。——で、朝っぱらから何を？」

俺も改めて挨拶した後、再び訊くと。美月は真面目《まじめ》……に、見える顔になり。

「うん。あのね？　悠也はたまに、私の布団で一緒に寝るでしょ？」

「……否定はしないが、お前に引きずり込まれて２度寝《ね》する時だけだからな？」

「だからね？　私も悠也のベッドで寝ないと、不公平だよね？」

「人の話、聞いてます？　不公平も何も、お前が引きずり込んでるだけで——」

「だから今日は予定無いんだし、悠也のベッドで寝るっ♪」

「全く聞いてないな人の話っ！　……ま、いいけど。じゃあ適当に朝食を……」

と、ベッドから降り——ようとしたら、美月が俺の服を引っ張り。

「——悠也、アレ」

「ん？」

指さす方を見ると。俺の勉強机の上に、サンドイッチが載《の》った皿が。

上に掛かったラップ越しに見える具材は、ＢＬＴ《ベーコン・レタス・トマト》とツナ、タマゴサンドもある。

そんなバランスを考えられた各種サンドイッチの横には、ご丁寧《ていねい》に水筒《すいとう》まで。

「あ、水筒の中はアイスコーヒーだよー。モーニングコーヒーならホットのイメージだけ

ど、夏場ならやっぱり冷たい方が良いよね？」

「……ずいぶん用意周到だな？」

「それはもちろん、昨夜から準備したからねー♪」

……こうなると、もう拒否《きょひ》のしようは無い。

「はぁ……寝るのは構わない。構わないが――少し確認《かくにん》ＯＫ？」

「なぁに～？」

「……寝るの、俺も一緒？」

「もちろん♪　今日、予定無いんだよね？」

楽しそうに言う美月。もう逃《に》げ道《みち》は無いし――そもそも、俺自身イヤではなく。

「……昼までな」

「あいよー♪　ちなみにオススメは、アレは昼食に回して、このまま寝ることー」

「……ホットコーヒーにしてない理由、それか」

ジト眼を向けても、ニコニコ楽しそうな美月。

俺は諦めて、スマホの目覚ましをセットし、素直にベッドに入り直した。

すると――すぐに俺の腕《うで》にしがみつき、抱き枕《まくら》にしてきて。

「うん、あたたかいね♪」

「……エアコン、少し弱めるか？」

「ううん、ちょうどいいよー。――そういう意味じゃないの、分かってるよね？」

「まぁ、一応」

……なんというか。こんな遣《や》り取りをしていると……一緒に寝ている事より、ただ受け身でいる事の方が、恥ずかしい様な気がしてきた。

だから俺は体勢を変え――横を向いて、美月の背中に手を回し。

「っ、――悠也？」

「……まぁ、うん。あたたかいよな」

「うんっ♪」

体勢的に、美月の顔は見れないけど、嬉しそうな声が聞こえた。

「――あんまり時間無いんだから、大人しく寝ろ」

「うん、そうだねー♪」


外は暑い季節に、涼《すず》しい室内で。

あたたかさに包《くる》まれ。

心地の良い眠《ねむ》りに就《つ》くことにした。

「ところで……コレ、俺から動いたって扱《あつか》いで良いのか？」

「……んー。微妙？」

◆　◆

その日の夕方。

ピンポ～ン　と、玄関のチャイムが鳴った。

「っと。来たのかな？　――美月、頼《たの》む」

「あいよ～」

ちょうど手が離せない所だったので、美月に出迎《でむか》えを頼んだ。

すると、すぐに玄関が開く音と、話し声。そして――

「お邪魔《じゃま》します」

「お邪魔しまーす。あれ？　悠也くん、何を作ってるの？」

入って来たのは、大河と雪菜。

昨日の一件の『始末』のために、今日は雪菜が『家族会議』のために実家へ行き、そのために学校で話した相談は無くなったのだが。

昼頃《ひるごろ》にメールが入り、思いのほか『処理』があっさり終わったので、少し話そうという事になって。

それなら、大河も一緒に夕飯食べて行く？　と誘《さそ》った次第。

ちなみに。寝ている間にもう1通、メールが来ていたが――その話は後で。


で、俺は現在、何をしているかと言うと。

「今は豚《ぶた》の角煮《かくに》を作ってる。もうすぐ出来るけど。――いや、今日は1日空いてたから、折角《せっかく》だから少し手の込んだ料理でもやってみようか、と」

俺は基本的に洋食が得意なんだけど、性に合うのか、煮《に》込み系の料理が特に好き。

スパイスから作る夏野菜カレーとかも興味があったが――今回は、あまり手を出していなかった和食の煮物《にもの》系に挑戦《ちょうせん》。

和食が得意な美月に教えてもらったりもして、結構楽しかった。

そんな話をすると、雪菜は微笑ましいという風に笑い。大河は苦笑いを浮かべて、

「相変わらず、高校生とは思えない休日の使い方ですね」

「やかましい。筋肉づくしのお前に言われたくない」

と、言いながら——うん、大体完成。

味見して大丈夫なら、あとは食べるときに盛り付けるだけ、っと。

「あははっ。そういう仕草とかも見てると思うけど——休みの日の悠也、休日のお父さんみたいな時間の使い方だよねー」

「……そんな事を言ってると、味見は要《い》らないと判断するぞ『お母さん』？」

「わ、食べる～♪」

そう言う美月を横目に。角煮を一切れ取り出し４等分に切り。

それを小皿に載せて、それぞれに爪楊枝《つまようじ》を刺《さ》し。

「——ほれ」

「わ～い。——ん、美味し♪」

ちょうど良いタイミングで来た美月に差し出し、同時に自分の口にも１つ。

——うん。なかなかの出来かな。

「はい、大河と雪菜も味見——って、どうした？」

味見の角煮を持って行くと……なぜか引きつった笑《え》みを浮《う》かべている２人。

「えーっと……。そういう遣り取りを自然に出来ちゃうの、さすがだなーって」

そんな雪菜の言葉に、『うんうん』と頷《うなず》いている大河。

「「はい？」」

そんな2人の様子に、俺と美月は顔を見合わせ、揃《そろ》って首を傾《かし》げた。

◆　◆

「――で。雪菜の方、どうなったんだ？」

なかなか好評をいただいた食事の後。

美月が淹《い》れてくれたお茶を飲んで、一息吐《つ》いてから訊いてみた。

「うん、すごく簡単に終わったよ。お母さんと先に座って待っていて、遅《おく》れてきたお父さんに2人で『ようこそいらっしゃいました【沢渡氏《さわたり》】。どうぞお座りください』って言ったら、泣いて土下座してきたから。ほぼ全面降伏《こうふく》だったよ」

「「……うわぁ」」

淡々《たんたん》と答えた雪菜に、俺たち3人、様々な意味を込めたドン引きの『うわぁ』。

雪菜はそれを見て苦笑いを浮かべてから、改めて姿勢を正して。

「――この度はウチの父が、ご迷惑《めいわく》をお掛けしました」

そう言って、頭を下げた雪菜。だけど全く気にしていない俺たち3人は、笑って。

「気にしなくていいよ、雪菜♪　私は何だかんだで、結構楽しかったし！」

「――だな。俺と美月はデートの片手間にって感じだったし……ああ、でも大河には謝《あやま》らないといけないいな。――尾行《びこう》なんてして、悪かった」

「お気になさらず。探《さぐ》られて困る事はありませんし、事情は伺いましたから。――それに皆《みな》さん、私は浮気などしないと信じていてくれた様で――ありがとうございます」

俺が謝ると、何でもない様にサラッと応《こた》えた後、逆に感謝までしてきた大河。

……改めて言われると、さすがに少々照《て》れ臭《くさ》い。こういう事を普通に言える所は、素直に見習いたい所ではある。

そんな俺たちを楽しそうに見ていた美月だが、助け舟《ぶね》の意味も含《ふく》めてか、口を開き。

「あははっ。雪菜がお相手なのに、浮気なんて出来ないもんねぇ♪」

「――だな。ちなみに雪菜？　もし仮に、本当に大河が浮気していたら、どうする？」

「え？　もし本当に――大河くんが、他の女性とホテルとか行ってた場合……？」

……美月の話に乗って、軽い気持ちで訊いただけなのに。

雪菜の目の虹彩《こうさい》が――自然に、かつ速《すみ》やかに消えていき――

「――『グー』か『チョキ』？」

「「「どういう事⁉」」」

『チョキ』は……うん、分かる。ハサミだから――『ちょっきん』ってコトだろう。

『グー』はなんだろうね？　簡単なトコだと普通に殴打《おうだ》だけど……『チョキ』がアレなら、軽過ぎる気も……まさか握《にぎ》りつぶ――

――マズイ。考えれば考えるほど、恐い事しか浮かばない……っ！

そして、それは美月と大河も同じ様で――大河に至っては顔面蒼白《そうはく》になっている。

「こ、こほんっ！　は、話は変わるけど――お母さんから連絡《れんらく》があったんだよ。夏休みの予定を訊かれて……他の予定を決めるのは、少し待ってほしい。明日か明後日には理由を話すから、それまで空けておいて、って。――雪菜、何か知ってる？」

――美月さん、ナイス話題変え。

先ほど、ちらっと話したメールの件だが。美月の母の月夜《つくよ》さんから、連絡を取りたいとのメールがあって。美月が話して、言われたのが先の話。

その話を聞いた雪菜は、少しキョトンとした顔をしてから――嬉しそうな笑みに？

「ああ……多分、知ってる。『もしかして』って、一部で話題にはなっていたし」

「え、何？　良い事？　悪い事？」

話題を変えるために振ったけど、本当に知っているとは期待していなかったらしい美月が、雪菜に詰《つ》め寄った。だが……雪菜は少し考えた後、楽しそうな顔で。

「月夜さんは秘密にしたいみたいだし――内緒《ないしょ》。でも安心して？　大変ではあるけど――良い事だから♪」

楽しそうな雪菜の言葉に、他3人は揃って『？』と、首を傾げた。

2章 ≫ 『願望』は何ですか？

翌日。

うちの学校は期末テスト以降、夏休みに入るまでの約1週間は全て《すべ》午前授業。

しかし授業は午前中までとはいえ……強制的に帰らされるわけではないため、午後も残る生徒は居る。——まさに、俺《おれ》たちみたいに。


「ゆぅ〜やぁ〜♪　今日はお弁当作ってくれたんでしょ？　楽しみにしてたよ〜」

ホームルームが終わると即座《そくざ》に寄って来た、とってもご機嫌《きげん》な美月《みつき》さん。

「ん？　鳥羽《とば》たちは帰らないのか？」

「ああ。この後少し、風紀委員と話し合いがあって」

クラスメイトに訊《き》かれて答えながら、用意していた弁当を取り出す。

美月には『楽しみにしていろ』とまで言った、はっきり言って自信作。

「——はいよ、美月」

「わ〜い♪　何かな、っと——サンドイッチ？　……あ！　これ昨日の!?」

俺が渡《わた》した弁当を開き、最初は怪訝《けげん》そうな顔をした美月だが、その正体に気付いて驚いた顔になった。

そのサンドイッチは、残しておいた昨日の角煮を用いた角煮サンド。

しかも冷める事を考慮《こうりょ》して味付けを調整する等して、かなり手を掛けた逸品《いっぴん》！

「わあぁ♪　いただきますっ！」

「あいよ。どうぞー」

同じく用意しておいたウェットティッシュで手を拭《ふ》いてから、手に取る俺たち。

——うん。我ながら上出来。

軽く自画自賛しながら、美月の反応を見ると。幸せそうな顔で1つ食べきり。

じっくり味わい、飲み込んだ後——余韻《よいん》も味わう様に一呼吸おいてから、俺を見て。

「悠也《ゆうや》、結婚《けっこん》して」

「……弁当1つで求められる俺の人生。っていうか将来確実に結婚するだろうが」

「じゃあ、一緒に住も？」

「はいはい。もう半同棲だろ」

「じゃあ、結婚を来年に繰《く》り上げよう！」

「はっはっは、本気にするぞ？」

「うんっ♪　それならそれで～」

そんな遣り取りをしながら、食べ進め――ん？　なんか周囲が静かな気が？

周りを見ると……教室に残っていた面々が、俺たちを見て唖然《あぜん》とした顔を。

そして――そんな中でも復帰が早かったのは、我らが幼馴染《おさななじみ》２人。

「そういう遣り取りを普通《ふつう》に出来るの、さすがだよね……」

「しかし、以前より少し系統が変わっていません？」

「……そうか？」

大河《たいが》の指摘に、自覚が無い俺は首を傾げ。

美月の方は――そちらも『もっきゅもっきゅ』と幸せそうにサンドイッチを頬張《ほおば》りながら、首を傾げていた。……器用ですね？

「ちなみに美月ちゃん、悠也くん。――さっきの本気？」

そんな雪菜《ゆきな》の問いに、俺と美月は顔を見合わせ。

美月は『ごっくん』と、口の中の物を飲み込んでから、揃って回答。

「「――半分冗談《じょうだん》」」

「「「「半分は本気かいッ!!」」」」

　クラス中からの総ツッコミが来ました。

……っていうか皆さん。今の、答えを予想してツッコミ用意していませんでした？

と、何故《なぜ》か疲《つか》れた顔の中にも満足げな色が見えるクラスの面々の中、何かを思案していた様子の大河が、改めて口を開いた。

「……ふむ。やはりイチャつき――いいえ、本人たちにとってはジャレつきですか。以前より、その『粘度《ねんど》』が上がった気がします」

……大河くん。『濃度《のうど》』や『密度』ではなく『粘度』と来ましたか。

　しかし大河の表現はともかく――何か変わったというのは皆さんも同意の様で。

「んー、言われてみれば。妙に具体的になったというか」

「……確かに。この土日に何かあったのかな？」

「あー、やっぱりほら、オギャったんじゃね？」

「ああ、そんな話になってたな！」

「なるほど、存分にオギャった事で、将来を意識したか」

……そんな会話が、周囲で聞こえよがしに交《か》わされ。

「あははっ、まさか本当にそうなってたりしてね！　それで、実際はどうなの？」

そんな風に話を振られ、俺と美月はというと——


「「…………」」


「「「「本当にオギャったの⁉」」」」

……土日の事を思い出し、気恥ずかしくて俯《うつむ》いていた俺たち。

膝枕くらいなら、オギャるには入らないからセーフ。——入らないよね？

「い、いや、さすがにオギャってはいないわッ‼　……ただまぁ、少し考えた事があって、少々自己認識《じこにんしき》を改めたのは、ある」

「あ、あはは……私もそんな感じかなー。——雪菜と大河くんのお陰《かげ》で」

俺に続いた美月が、そう言いながら、雪菜と大河に視線を送った。

その視線の意味は『2人も原因に含まれてるんだから、少し助けてね？』

それを正しく受け取った様子の2人。雪菜は軽く苦笑い、そして大河は少し思案した様子を見せてから。

「——ところで悠也。先ほどから気になっていたのですが……そのサンドイッチのパン、あまり市販《しはん》で見た記憶《きおく》が無いのですが、もしやパンまで手作りですか？」

話を変える意図か、本気で気になっていたのかは分からないが、なかなかに嬉しい所に気付いてくれた大河。

「良く気付いたな？　って言っても、ホームベーカリーで簡単に作れるけど。時間は掛かっても、あまり手間は掛かってないな」

最近の物なら、材料入れて設定すれば、後は基本的にワンタッチ。

時間は掛かるが、種類や硬《かた》さを自由に設定できるのは嬉しい。

せっかく良い具材なんだからと、パンにも拘《こだわ》ってみたわけで。

「うっわぁ……そこまで凝《こ》ってるんだ？」

「……普通に金取れるレベルじゃないか？」

「そりゃ、手間も費用も度外視して2食分くらいなら、ある程度の物は作れるだろ。これで継続的《けいぞくてき》に商売とか、俺には無理」

少し呆《あき》れレベルの賞賛に、そう返した。

今回は我ながら相当に手を掛けたが、このレベルを毎食とかは無理。

「あははっ。私もたまに手の込んだ料理やるけど、毎日はちょっとねー」

「な。こういうのは作るのも食べるのも、たまにやるから良いんだよな」

「ね？　手の込んだの作ろうとすると、無駄《むだ》にお金も飛んでくしねー」

「だよなー。美味《うま》い物のありがたみも忘れてガバガバ浪費《ろうひ》って、どこの成金だと」

「それにパッと思いつく『ご馳走《ちそう》』って、ほとんど油とか塩分多めだし。そういうのばっかりだと、体に悪そうだよねー」

「うんうん。質素でも健康に良くて、工夫次第《くふうしだい》で美味いってのが理想だよな」

俺も美月も金に困ってはいないが、高級志向なんて一切無縁《いっさいむえん》。

お互《たが》いの自炊《じすい》の産物が好物だったり、カップ麺《めん》や牛丼《ぎゅうどん》が好きな時点で、普段《ふだん》の食事のグレードも推《お》して知るべし。一応、ある程度は栄養バランスも考えて作るし。

……そんな遣り取りしてると、また周囲の方々がドン引きしてて『考え方、完全に所帯持ちのソレだよな……』とか言っているけど。

「しかし――しっかり自炊してるってだけで珍しいのに、よくそこまで出来る様になったよな。俺が一人暮らし始めても、そこまで出来る様になれる気は一切しないわ」

級友のそんな言葉に、聞いていた大多数が頷いた。

「んー。難しく考えるから、余計に面倒《めんどう》だと思うんじゃないか？　とりあえずコンロ使えて、米を炊《た》けて、調味料を一通り知ってて、包丁の持ち方を知っていれば、最低限の事は出来るんだから。後は場数を踏《ふ》んで慣れれば、どうとでもなるぞ」

「……包丁の『持ち方』？　切り方じゃなく？」

「雑に切ってフライパンにブッ込んで適当に炒《いた》めるだけで、一応は食べれる野菜炒めは作れるだろ？　だから最低限なら、技術面で身構える必要は無い。——ああ、敢《あ》えて足すなら、食中毒や火事起こさない程度の知識も、か。そこから上達するには、必要に応じて知識を身に付けたり、場数を踏んだり、だな」

そんな事を言うと——幼馴染3人は『うんうん』と頷き。

その他の周囲の面々にも、『なるほど』と納得《なっとく》してくれた人が多数。

自炊というか料理は、最初の一歩さえ踏み出せれば、後は定期的に作れる——または料理を作るのが必要な状況《じょうきょう》にさえなれば、自然に身に付くし上達もする。

——ああ、そうだ。一言追加しておこう。

「上達の一番の秘訣《ひけつ》は、やっぱり一緒《いっしょ》に食べてくれる人が居るかどうかだと思うぞ？」

「「「「ああ、そうですか！　ごちそうさまですッ‼」」」」

なぜか、結構な怒《いか》りが込められたツッコミが来た。

――そういえば俺、自分の弁当を全然食べてなかった。

早く食べて、生徒会室に行かなければ。

◆　◆

生徒会室。

現在、この室内に居るのは男子のみ。

俺と大河。そして、今回はそれに加えて、風紀委員1年の三井《みつい》俊《しゅん》。

先月の一件で、俺たちは彼《かれ》（と、お相手の委員長）の隠された本性《ほんしょう》を知ってしまい。

それ以降……まぁ、会えば話す程度の仲にはなっていて。

現在、美月と雪菜、それと風紀委員長の佐山《さやま》美奈《みな》は、職員室の方へ。

質問と少々の打ち合わせ程度で終わるはずなので、その後に理事長室へ行く事になっても、そう時間も掛からず戻《もど》ってくるだろう。

そして俺たちの方は、申請《しんせい》された生徒の夏休み中の活動予定、その確認中。

主に部活動や同好会の校内利用申請だが、中には遠征《えんせい》の費用申請もある。

運動部の大会や練習試合などで、その多くは問題無いのだが……たまに論外なのも紛《まぎ》れ込んでいるため、先生方に回す前に弾《はじ》いたりもする。

「──会長、ちょっとコレは駄目《だめ》かと」

「ん？　どんなヤツだ、三井？」

なかなかに優秀《ゆうしゅう》な処理能力を見せる三井少年が、何か見つけたらしい。

『特殊《とくしゅ》文芸研究同好会』の、夏休み中の活動のための費用申請ですね」

「……怪《あや》しいな。大河、その同好会の活動実態は？」

「──ああ、思い出しました。当初『異次元文化研究会』で申請しようとしていた団体ですね。三井氏、申請理由は？」

「……資料購入費《こうにゅうひ》と、見聞を広めるための遠征費《えんせいひ》。お盆《ぼん》に都内へ3泊《ぱく》4日、だそうです」

「「アウトで」」

──むしろ、なんでソレが通ると思ったし。

それ以降は特に問題も無く。無言で仕事が進む中で、大河が。

「全く関係も無い雑談なのですが、よろしいでしょうか？」

「いいぞー」

「僕《ぼく》の方も大丈夫《だいじょうぶ》です」

ただの確認作業なので、雑談くらい問題無い。三井くんの方も余裕《よゆう》あるみたいだし。

「ありがとうございます。では――俗《ぞく》にいう『カレシャツ』というものはご存じで？」

「カレシャツ……ああ『彼シャツ』な。女性が彼氏《かれし》のシャツを着るアレか」

「僕も、知識としては。――羞恥心《しゅうちしん》を煽《あお》るには、良いかもしれませんよね」

……保護欲かきたてる系の容姿に反して、隠れドSで結構ヤバい案件な三井少年。

自分を知る者しか居ない場所では、自重する気は無い様子です。

「そして――現代の世の中において、男女平等というのは基本理念です」

「……うん、まぁ、展開は大体読めてきたな」

「会長。大久保《おおくぼ》先輩《せんぱい》は、いつもこんな感じなんですか？」

三井少年。そんな質問を相手も見ずに、書類整理しながら淡々とするとは。

そんな俺たちの反応は聞こえていないのか、大河は構わず話を続け。

「――しかし。女性物を男性が着るというのは、体格的に無理がある場合が多い」

……おや？　てっきり『彼女《かのじょ》の服を――』の方に行くのかと思ったが、違《ちが》ったか。

「そのため妥協点《だきょうてん》を考えたのですが、それの問題の有無《うむ》の判定をお願いしたく」

……いや、違くはなさそう？


「――彼女の服を『くんかくんか』は、セーフでしょうか？」

「「アウトで」」

――むしろ、なんでソレが通ると思ったし。


「ふむ、やはりそうですか。私も絵面を想像して『……ヤバイ？』とは思っていたのですが、念のために訊いてみました」

「いや、そこで諦《あきら》めろよ。大抵《たいてい》は変態認定《にんてい》されるだろ。――個人間で許されるなら別に良いかもしれんが、一般的《いっぱんてき》な意見としては」

「僕もソッチ系の性癖《せいへき》は無いんで、同意はしかねますね」

それを聞いた大河は、頭では分かるけど納得は出来ない――いや、むしろ感覚で納得は出来るけど、理屈《りくつ》での『なぜ？』が分からない、といった様子か。

「ですが、女性が彼氏の服を着たり、そのまま『くんかくんか』してる所は、なかなかにほっこりしますよね？」

「男が彼女の服でソレやってる所なんて、見たら確実にゲッソリするだろうに」

「やはり、社会通念方面の問題じゃないでしょうか。未《いま》だに『変態や痴漢行為《ちかんこうい》は男性が女性に行う犯罪』って印象が強いですし」

確かに、近年は男性の性被害《ひがい》というのも認められやすくなったが、それでも変態＝男性が多いという認識《にんしき》は、ほとんど変わっていない。

「そんなわけで大河。雪菜の服を『くんかくんか』するなら、程々《ほどほど》にな？」

三井少年の言葉で満足した様子の大河に、冗談めかして言うと――

「ああ、いえ。そういう話ではないので、大丈夫です」

……そう、微妙《びみょう》な苦笑いで返してきた大河。

その反応の意味が分からず、首を傾げていると――不意に、部屋の入口が開き。

「ただいま～♪」「――戻りました」

元気に言って入ってきた美月に、お堅く言って一礼する、委員長の佐山 美奈嬢《じょう》。

そして、その後ろで微笑《ほほえ》んでいる雪菜。

「おかえり。そっちは問題無く？」

「うんっ。……ちょっと別件であったけど、お仕事の方は問題無く！　そっちは何かあった？　さっき、なんか微妙な表情してたけど」

単に大河の表情の意味を考えていただけだが――まぁ、隠《かく》す事ではないな。

「ちょっと微妙な内容の話をしてただけ。『お相手の服を【くんかくんか】はセーフか』って感じの話だよ」

簡単に答えたところ、『？』と首を傾げる、美月と委員長。三井少年は苦笑い。

――が。劇的な反応を示した者が、１名。

「――た、大河くん言っちゃったのッ⁉」

……真っ赤になって、抗議《こうぎ》の声を上げる雪菜さん。顔を逸《そ》らしている大河くん。

「「「――え？」」」

「……えっ？」

「「「「――あっ（察し）」」」」

「ッ!? う、うわぁあああんッ!!」

……雪菜さん、壮絶《そうぜつ》な自爆《じばく》。

予想外の反応に『きょとん』とした、大河と雪菜以外の面々だが……雪菜の反応を少し考え、美月と委員長までもが状況を察した。

……ちょっと確認のために『沢渡《さわたり》・クンカクンカ・雪菜』なんていうミドルネーム入りの名前を呼んでみたい衝動《しょうどう》に駆《か》られたが――さすがに可哀《かわい》そうだから止めよう。

――一応、大河の名誉《めいよ》のために、話した内容をきっちり言った方が良いか……？

雑談の内容を話した事で、大河への誤解は解消されたが――代わりに雪菜さんが『恥死《ちし》量《りょう》』を超《こ》えた様で。

現在は部屋の隅《すみ》っこで膝《ひざ》を抱《かか》えている雪菜を、大河が慰《なぐさ》めている状態。

あと、それを見て三井少年、何かウズウズしている様子が見受けられる。

……羞恥《しゅうち》に悶《もだ》える雪菜の姿に、ドSの本能が騒《さわ》いでいるのだろうか。

そして委員長、そんな三井少年を見て、何かを期待している顔をしています。

……先日の一件でドMが発覚した委員長。どうやらNTR系もイケるくちの様子。

「……委員長。それと三井」

「は、はい？」「な、なんでしょうか会長……？」

呼びかけると『ぎくっ』といった反応をするドMドSカップル。

やっぱり……少し釘《くぎ》を刺しておく必要はありそうか。

「別に他人の性癖をどうこう言う気は無いが——他人に迷惑掛《めいわくか》けるなら話は別だ。……それが俺の身内なら、なおさら。相応の対応は取らせてもらうんで、そのつもりで」

「っ、あ、いえ、僕もそれは本意ではないので……気を付けます。すみません」

「——す、少し展開を妄想《もうそう》しただけです！　私が他人に迷惑を掛けるなど、あろうはずもありませんっ！　そう思いますよね、伏見《ふしみ》さ……ん？」

素直《すなお》に謝った三井少年に対し、自己弁護に入った委員長。美月に助けを求めるが——

「…………（にっこり）」

「……すみませんでした。他人には迷惑を掛けないよう、細心の注意を払《はら》います……」

美月の——というか、伏見家の方々の特徴《とくちょう》が『本当に怒《おこ》ると、ただ無言で微笑む』。

美月のご両親と兄も同じで……一見キレイな微笑みなのに、凄《すさ》まじい圧力を与《あた》えてくる。

……下手に怒鳴《どな》られるより、よっぽど怖《こわ》い。夢に出てくるレベルで。


よって美月さんは現在、かなり本気で怒っています。

雪菜といい美月といい、ウチの女性陣《じょせいじん》は怒らせると本当に怖い。

「何を考えているかは大体わかりますが……会長も大概《たいがい》だと思いますよ？」

「——ん？　三井くん、何か言ったかな？」

「っ!?　なんでもありませんッ！」

なぜか『ビクッ!?』と反応して、首を横にプルプル振《ふ》り始めた三井少年。

いろいろと頭が痛い2人が大人しくなってくれたのは良いが……このままでは仕事の話が進まない。

空気を変えるためにも、少し強引《ごういん》にでも話を進めた方が良いかと思い。とりあえず話の取っかかりとして、先ほど少し気になった事を聞いてみる。

「——ところで美月。さっき、そっちも別件で何かあったとか言ってなかったか？」

「ん？　……あー、それねぇ——」

俺に訊かれた美月さん。委員長を圧倒していた怒りの笑顔《えがお》はアッサリ引っ込み。妙《みょう》に気まずげというか……恥《は》ずかしそうな顔で躊躇《ためら》った後。

「……例の『オギャる』云々《うんぬん》の話、さっそく噂《うわさ》になってるって話が……」

「――あー、そういう……」

大した問題ではないが――むしろ大した問題ではないからこそ、対処が難しく。

そんな理由で悩《なや》んでいる俺を不思議に思ったのか、早々に復活した委員長が。

「伏見さんに『こちらで対処しましょうか？』と伺《うかが》ったのですが――会長に話してから、との事だったので。……よもや、本当に特殊プレイを……？」

「いや、それは無い。無いんだが――根も葉も無い、というワケではないんだわ。だから噂流してる奴《やつ》を責めるのも……っていう面倒な状態、かな」

話しながら頭の中で状況を整理すると――本当に面倒くさいな？

もう開き直って放置が無難かもしれない。……あまりにヒドい尾《お》ひれが付き始めたら、ガッツリとシメるけど。

「しかし……悠也。本当に、何があったんですか？」

と。どうやら雪菜の対処が終わったらしい大河が訊いてきた。……雪菜はいまだ部屋の隅で、少し警戒《けいかい》しながら様子を窺《うかが》ってるけど。

「そういえば言ってないか。――何があったかって……なぁ？」

「……ね？」

美月と顔を見合わせて、頷き合う。

何があったかと言えば――お互いに結構なヤキモチ妬《や》きだと自覚した上で、膝枕《ひざまくら》。

これくらいの事ならば、普通に話せた――以前なら。

だけど今回は経緯《けいい》のせいか、少し良い雰囲気《ふんいき》だったからか、話しづらい……というか、話したくないと思ってしまうわけで――

「…………」

頬が熱いのを自覚しながら、同じく頬が赤い美月と、顔を見合わせ『どうしよう？』と、視線で会話を交わす。

「――大久保先輩。コレでこの2人、本当にイチャついてないって認識なんですか？」

「はい。……おそらく『少し視線で会議中』という認識ではないでしょうか？」

「私の目には完全に『2人の世界』に見えますが？　というか普通、視線で会議出来るレベルの会話出来ます？　あの異世界では、視線はＬＡＮケーブル並みですか？」

「もしくは悠也と美月さんの間では、特殊なＷｉ‐Ｆｉかブルートゥース辺りが飛んでる可能性がありますね。今度、雪菜に傍受《ぼうじゅ》をお願いしてみましょうか」

「……私でも、さすがにアレは傍受出来ないかなぁ」

「あ、沢渡先輩《せんぱい》。復活したんですね。……っていうか普通のは傍受出来るんですか」


何か周囲で話していたが――とりあえず無視して美月と意思疎通《そつう》し、出た結論。

「「……出来れば黙秘《もくひ》したいです」」

「「「…………（生温かい視線）」」」

全員――いつの間にか復活していた雪菜までも、菩薩《ぼさつ》の様な視線を向けてきた。

「……なんで皆して『一周回って悟《さと》りを開いた』みたいな顔してるんだ？」

そう言うと、皆が一瞬《いっしゅん》だけ視線を泳がせた後、大河が。

「いえ、気のせいでしょう。……話を戻しますが。とにかく『オギャる』は無かった、というのは確定でよろしいですね？」

「……まぁ、それは確実に」

少なくとも、俺の主観では。……美月視点や客観的にどうかは、考えません。

若干《じゃっかん》の後ろめたい気持ちがあるため、内心どういう反応が来るか警戒していたら——意外にも『当然』といった顔をしている、委員長と三井カップル。

「まぁそうですよね。お2人にソレは少し考えられなかったので、納得です」

「僕も美奈さんと同意見です。会長たちの方『は』、無いと思っていましたよ」

サラッと『は』を強調する事で『大河たちなら有り得る』と、言外に伝えてきた三井少年。……それに気付いちゃった雪菜が、また軽く赤くなったし。

「ずいぶん確信があったみたいだけど……なんで？」

俺と同じく意外に思ったらしい美月が訊くと、やはり『当然』という様に。

「だって伏見さんは、私寄りの人じゃないですか。オギャらせる側はS寄りの役割だと思うので、あまり想像出来なかったんです」

「……待って佐山さん。どういう事？　凄《すご》くイヤなんだけど……ッ!?」

思わぬ指摘《してき》をされた美月さん、思わず本人に『あなたと同類は絶対にイヤです』という意味の発言を。

対する委員長、その言葉を気持ち良さそう（意味深）に受け取り、少し恍惚《こうこつ》の顔を浮《う》かべながらも堂々と。

「――だって伏見さん、一度決めた相手には何でも許してしまうタイプですよね？　ですので、お相手次第《しだい》では同類になってくれそうだと、常々思っていました」

「ッ⁉　え、そっ……あ、――ッ⁉」

……美月さん大混乱。

そして真っ赤になって俯き……上目遣《うわめづか》いで恥ずかしそうにこちらを見てきて。

……そのせいで、俺まで顔が熱くなってきた。

しかし、慌《あわ》てているのは俺と美月だけで。

「大久保先輩と沢渡先輩は、なんだか納得したみたいな感じですね？」

「――えっ？　雪菜⁉　大河くん⁉」

三井少年の言葉に反応した美月、即座に2人で抗議の視線を。

「あ、あはは……だって美月ちゃん、なんだかんだで『尽《つ》くすタイプ』だし……悠也くん次第でっていうのは、少し納得しちゃったというか……」

「……ですね。さすがに委員長レベルにまで堕《お》ちるとは思いませんが——委員長側か三井氏側かと言えば、委員長側だろうな、とは」

そんな事を気まずげに——だけど確信を持って言う2人。

委員長と三井も『うんうん』とかやってるし。

「じ、じゃあ、悠也はどうなの⁉」

「会長、ですか……」

いろいろ逃《に》げ場《ば》が無くなりかけている美月が、俺の方に話を向けてきた。

それに対し三井少年、あまり言いたくなさそうな様子ながら。

「……どちらかと言えば、僕側だと。外面は善人で実際もそうなんでしょうが——怒らせると本当に危険そうというか。沢渡先輩と同等以上のが隠れてそうで……ある意味で沢渡先輩以上に敵に回してはいけない人かな、って思っています」

「…………」

三井少年の発言に、思わず頭を抱えた。

先日の一件で『雪菜なみにヤバイの飼ってた』と、美月に言われたばかりで。

しかも他の面々も『納得』といった感じで頷《うなず》いている。……雪菜だけが少し不服そうな顔をしているが――それは自然に『危険な人』認定されている事に関してだろうし。

「……そんなに、傍《そば》から見て分かるものなのか？」

「いえ、私と雪菜は付き合いが長いからでしょうし、分かる者には分かる程度かと。……逆にお訊きしますが――そういう面、ご自身たちでは気付かなかったので？」

「「えーっと……」」

大河に言われ、まだ顔が赤い美月と顔を見合わせると――自然に口に出た。

「――なんだかんだで合わせてくれるし、自然にフォローしてくれたり、支えてくれてたりで……将来は絶対に『良妻賢母《りょうさいけんぼ》』って言えるだろ、とは」

「悠也が本気で怒るの、身近な人に被害が及《およ》びそうな時だけだよね。なんだかんだで身内はすごく大切にするから――将来、良いお父さんになりそうって……」

お互いにそう言って――から、何を言ったのか、何を言われたかを理解し。

「「――ッ!?」」

声にならない声を上げ、思わず頭を抱えてうずくまる。

チラ見した感じ、美月も同じ状態の様子。

「……美奈さん。『砂糖を吐《は》きそう』っていうの、こういう状況ですよね」

「まさしくですね、俊くん。——お2人はこれ以上、なお高みを日指すのですか……？」

「あはは……あの2人の『イチャつける様に～』は、完全に主観の問題だから。傍から見て問題無くても、当人たちが納得していなければ続けるんじゃないかな……」

「それなんですよね……あの2人は解決が目的と言うより、続ける事自体が目的の気もしますし。——しかし、よく見破れましたね？　私や雪菜が見ても、そう分かりやすいとは思えないのですが」

聞くとはなしに、耳に入ったそんな会話。少し気になって——美月と共にそっちを見ると。委員長と三井少年は『当然』といった表情で、堂々と。

「「性癖に覚醒《かくせい》し、開き直りきった人間の嗅覚《きゅうかく》。甘《あま》く見ないで貰《もら》えますか？」」

「ねぇ悠也ぁ……？　私、アレと同類になる可能性があるの……？」

「——いいか美月？　アレはとても良い反面教師だ。……お互い、ああはならない様に気を付けよう」

「うんっ……！」

やはり美月が受けた精神ダメージは大きいらしく、いつになく素直でしおらしい。

その庇護《ひご》欲を刺激《しげき》される様子に、思わず自然と手が伸《の》び——


「——あ」


「ッ!? ど、どうした美月？」

我に返って手を引っ込め、なんとか取り繕《つくろ》って訊《き》く。

「？ うん。なんかメッセージが入ったみたいで」

少々不審《ふしん》には思った様だが、そう言ってスマホを取り出す美月。

とりあえずは誤魔化《ごまか》せたと思い、フと周りを見ると——

「「「………（にやにや）」」」

バッチリ見られておりました。

しかも、雪菜・大河・委員長は『あと少しだったのにぃ』的な意味の様だが……約1名、
覚醒ドSの三井少年が、俺《おれ》にしか見えない角度で見せた笑顔が語るのは——

『わかります。弱ってる女の子って可愛《かわい》いですよね。……ようこそ、こちら側へ』。

──違うから！　俺のは庇護欲であって『ムチの後のアメ』的な行為《こうい》じゃないから！

「え、えっと……悠也、どしたの？」

「……いや、軽く目まいがしただけ。大丈夫」

いきなり頭を抱えた俺に、声を掛けてきた美月。それに対して心配無いと答え。

「そ、そう？　えっと……お大事に？」

「──はい。大事にします」

「……へ？」

自分でも無意識に『大事にします』に余計な意味が含《ふく》まれた気がするが──深く考えるのは止める事にして。

「で、メッセージは何かあったのか？」

「あ、うん。お母さんからで……昨日連絡《れんらく》した件で電話したいって。悠也も一緒の方が良いらしいんだけど──夕方くらいから大丈夫だよね？」

「ああ、大丈夫。それにしても……月夜《つくよ》さんが、なんだろ？」

「んー、悪い事じゃないっぽいけど、何だろね？　——とにかく返信しちゃうねー」

そう言って、スマホをいじり始める美月。

これで気を取り直す猶予《ゆうよ》が出来ると、軽く安堵《あんど》の息を吐き。椅子《いす》に座《すわ》り直し。

「——さて。中断しちゃってたけど、とっとと仕事終わらせちゃうか」

そう言って自分の机の上を見て——あれ？　書類が無い……？

「すみません悠也。……たった今、全《すべ》て終わりました」

その声で大河の方を見ると——元は俺の所にあった書類を持っていて。

他の机も見てみると——どうやら大河と三井少年が分担して処理した様子。

そして周囲の面々は、もう特にやる事は無いらしく……ただ俺に生温かい視線を向けてきていた。

「——悠也、返信しといたよー……って、どしたの？」

俺の行動を知らない美月が、この微妙な雰囲気に気付いて首を傾《かし》げ。

……さーて、何て返すか——と悩んだが、先に口を開いたのは、委員長。

「——いえ、なんでもありません。ただ……会長と伏見さんが進展するために必要な事が、ハッキリとしました」

白分の眼鏡を、中指で『くいっ』と直しながら、至って真面目《まじめ》な顔で言う委員長。

その光景に、とてもイヤな予感はしたが――聞かずに済ます事は、出来そうにない。

「……それで、委員長。その心は？」


「――決まっています。己の欲望に忠実に行動する事です！」


「なんでだよッ‼」」

俺たちは揃《そろ》ってツッコミを……入れたのだが。それは俺と美月だけ。

三井少年が『うんうん』と頷いているのは、委員長と同類だから分かるとして。

大河と雪菜も、言葉を吟味《ぎんみ》するように考えていて――

「――悠也。……確かに一理あるかもしれません」

至って真面目な顔で言ってきた大河を見て。その後ろで、言いづらい事を抱えている様な表情の雪菜を見て。戸惑《とまど》いの表情を浮かべている美月を見て。

……そして、にこにこと笑っている三井少年と、ドヤ顔の委員長を見て。

「あの2人レベルになれ、と？」

「……いえ、アレはどうかと私も思いますが」

俺の問いに、変わらず真面目な顔で答えた大河。その背後で、なぜか悦《よろこ》びの表情の委員長と、少し残念そうな三井少年。

……この2人に当初抱《いだ》いていた『真面目』という印象は、もはや跡形《あとかた》も無い。

そんな2人の事は気にせず、今度は雪菜が話を続ける。

「『悠也くんから甘える』っていう話だけど……悠也くんにも甘えたい願望――っていうか、美月ちゃんに触《ふ》れたいという願望は、あるよね？」

「……それは、まぁ。――ガッツリと」

さっきのアレを見られた時点で、否定する事など不可能で。

「では悠也くんが美月ちゃんに触れたとして……美月ちゃんが拒《こば》むと本当に思ってる？」

「それは……」

口ごもり、美月の方を見ると――顔を赤くしている美月。

――よっぽど間が悪くないかぎりは、多分、拒まれる事は無いだろう、とは思う。

「うん、その沈黙《ちんもく》が答えだね。――結局そこに関しては、悠也くんが無駄に抑《おさ》えちゃってるだけなんだよね」

「それは、自分でも自覚してはいるが……迂闊《うかつ》に行動して理性が飛んだら――」

「――大丈夫です、悠也」

俺は、今の自分の理性に自信が無く。下手に行動したら、行き着くところまで行ってしまうのでは、という不安があるのだが——それを自信満々で否定してき大河。

そのまま真《ま》っ直ぐに、信頼《しんらい》の眼差《まなざ》しで俺を見据《みす》え。

「悠也に、相手の意思を無視してR指定まで踏み込む度胸は、絶対にありません」

「言い方⁉」

否定はしないけど。……否定の余地は、全く無いけど。

『あ、あはは……とにかく悠也くんは、少しくらい願望に忠実になってもいいんじゃないかなっていうのが、理由の1つ。あともう1つは——美月ちゃん？」

「——へ？　っと、何？」

おそらく、自分は口出しし難《にく》い話だったため、黙《だま》っていた美月。

「うん、美月ちゃんと悠也くんに、先に少し訊きたい事があって。この前も軽く訊いたんだけど……これハッキリしないと、どうしようもないなって」

そう言われ、思わず顔を見合わせる俺と美月。

なんとなく先を聞くのが恐《こわ》い気もするが——とりあえず、先を促《うなが》すと。

「そもそも『2人の願望』って、何?」

そう訊かれ、即座《そくざ》に『もっとイチャつける様に――』と答えようと思ったが……。

――あれ? でもそれって願望か……?

願望を『叶《かな》えたい目標』と言い換《か》えた場合――『イチャつける様になりたい』を目標と言って良いのだろうか?

となりの美月は……そちらも同じく戸惑っている様子で。

「……確かに悠也と美月さんの場合、『願望を言え』と言われても難しいかもしれませんね。大抵の高校生なら性的接触《せっしょく》を目指すのでしょうが――お2人はそこだけは避《さ》けなければならなくて。そして、それ以外はほとんど達成済みですからね」

「他に男女の目標ってなると婚約《こんやく》・結婚《けっこん》だけど――悠也くんと美月ちゃん、そこも早々にクリアしてるしね……」

「……レース競技なら、既《すで》にゴール済みで表彰《ひょうしょう》待ちって感じでしょうか」

「RPG系なら――クリア済みで、オマケ要素やり込みプレイ中って感じだよね」

……人が悩んでいる最中に、好き勝手言ってくれてる大河&雪菜カップル。

さっきから何故《なぜ》か黙って大人しく話を聞いている風紀委員組は、なんか『やり込みプレイ中』にぴくっと反応してたし。……その『プレイ』じゃねぇよ。

そんな面々を横目に見ながら——俺と美月は、なおも困惑《こんわく》中。

考えれば考えるほど、思い出せそうで思い出せない様な、モヤモヤした気分に陥《おちい》り。

……まずはソレが何故かを考えるべきか、などと思っていると。


「願望とは違うけど——私たちの目標っていえば『おばあちゃんたち』だよね」

「……それはそうだけど、この場合の『目標』とは違うっていうか——それは完全に『最終目標』だろ？」


美月の言葉に苦笑いしつつ返す。横を見ると、大河と雪菜も似た様な表情。

しかしながら——当然、委員長たちは知らないわけで。

「『おばあちゃんたち』、ですか？」

首を傾げて訊いてきた委員長と、同じ表情の三井少年。それに答えたのは、大河。

「——ええ。悠也の父方の祖父母で……もうお二方とも故人ですが、良い方々でしたよ。私と雪菜もお世話になりましたし」

「悠也くんと美月ちゃんみたいな『バカップル！』って感じじゃないんだけど——凄く仲の良い老夫婦《ろうふうふ》って感じで。ああいう夫婦は、確かに憧《あこが》れるかな……」

大河に続き雪菜も笑顔で——だけど少しだけ、しんみりした雰囲気で言い。

「……と。そんな人たちだったから、俺たちが将来を考えた時に真っ先に目標にしたのが、その２人だったんだよ」

「ね？　歳《とし》をとっても、あんな風に仲良くしていたいね、って♪」

続けて語った俺と美月にも、自然と懐《なつ》かしむ様なニュアンスが混ざった。

そんな俺たちに、委員長は優《やさ》しげな笑《え》みを浮かべ——

「——なるほど。そのお２人が、会長たちのバカップルの原点ですか」

「……さっきの雪菜といい、俺たちはそんなにバカップルか？」

しみじみと、納得《なっとく》した様な顔で言われた言葉に、思わずつっこむと——俺と美月以外の全員が顔を見合わせ。

「「「——うん、もちろん」」」

「……そっスか」

ここまで言われると、反論する気にもならないワケで。

隣《となり》の美月も、少し頬を赤くして気まずげに視線を泳がせてるし。

「あ、あはは……でも悠也くん？　鳥羽グループ前会長夫妻のおしどり夫婦っぷりは、かなり有名だったから」

「——ですね。現会長夫妻である悠也のご両親も、仲睦《むつ》まじい夫婦として知られています。そのため鳥羽一族は——……じ、実に愛情深い一族として認識されていますので、そこに悠也と美月さんが名を連ねても、自然な流れと取られるでしょう」

「あ、あはは……全っ然、嬉《うれ》しくないいんだけど？」

頬を引きつらせながら、そう返した美月。

——っていうか大河くん、言葉を選んだね？　言葉を選ばずに言うと、ウチの一族は何て言われているのでしょう？

……と。こんな遣《や》り取りをしていると、妙に間の抜《ぬ》けた空気になり——なんだか俺たちの願望うんぬんの話、続ける気力が無くなってきた。

「……なんだか、真面目な話が出来る雰囲気じゃなくなってきたな。仕事は終わってるし、今日は解散って事にしようか。——っと、悪いな委員長、三井。なんか後半、俺たちの話ばっかりになっちゃって」

元々は仕事で来ていた2人に、失礼だったかと軽く謝《あやま》ったが――2人はイイ笑顔で。

「「いえ。2人だけの時以外で本性《ほんしょう》出せるのココだけなので、十分楽しみました♪」」

「……程々に、な？」

いっそ清々《すがすが》しい笑みでの言葉に、更《さら》に脱力《だつりょく》させられた。

……とはいえ。この困った2人を邪険《じゃけん》に扱《あつか》う気にはなれない程度には、親しくなってしまっている俺たちだった。

◆　◆

「――で。帰宅後に速攻《そっこう》でコレか」

「いいのー。この方が落ち着くしー。良い考えが浮かびそうな気がしない事も無い気がしない事も無いからー」

「……効果、だいぶ薄《うす》くないか？」

帰宅——というか、マンションの俺の部屋の前に着いた所で。

俺が自分の部屋の鍵《かぎ》を開けると、家主より先に中に入った美月。

そして、ダイニングの椅子に座る様に促してきて。

俺が大人しく座ると、後ろからのし掛かる様に抱きついてきた、という状況《じょうきょう》。

……どれだけ自覚しているかは訊いていないけれど、精神的に疲《つか》れると、俺に触れたくなるらしい美月。

最近よくある『和室での背中合わせ』ではなく、やや強引にでもこの体勢に持ち込んだという事は……生徒会室での話は、精神にかなりの負荷《ふか》が掛かった様子。

「『良い考えが浮かびそう』って事は、このまま例の話の続きをするのか？」

「んー……、もうちょっと後がいいかなー。もう少し、悠也の養分吸っておきたいー」

「吸うな妖怪《ようかい》。もしくは言い方ヤメろ。……実は弁当を作るついでに、おやつ用のゼリーも作ってあるんだが、夕食後にするって事でＯＫ？」

フルーツ缶詰《かんづめ》と粉ゼラチンだけで出来る『缶詰《かんづ》め丸ごとゼリー』。美月からも好評で俺も好きだから、たまに気が向いたら作る、お手軽スイーツ。

「わ〜い、すぐ食べるー♪　着替《きが》えて来るから、準備よろしくねっ！」

「……はいよー」

あっさり離《はな》れて玄関《げんかん》に向かう美月。

……自分で作った物ながら、簡単ゼリーに負けた気が——

「——あ、悠也〜。お返しに明日か明後日、私も何か作ろうと思うんだけど——和菓子《わがし》と洋菓子《ようがし》どっちがいい？」

「和菓子で。水ようかん辺りだと嬉しい」

「あははっ♪　悠也、アレ好きだよね〜。うん、了解《りょうかい》。じゃ、また後でー」

そう言って、今度こそ玄関から出て、自分の部屋に向かう美月。

…………。

「さーて、張り切って準備しますか！」

◆　　◆

ゼリーと紅茶で優雅《ゆうが》（？）なティータイムを過ごし。

少しゆっくりしてから、例の話の続き、となったのだが——

「……何故《なにゆえ》に、この体勢で話し合い？」

白分の部屋のリビングで、俺はまた美月に膝枕されていたりする。

「あはは。そう言うわりに、随分《ずいぶん》おとなしく膝枕されたよね～♪」

「……やかましーです」

何らかの接触をしながらだろうとは思っていたし……イヤではないからです。

「それにね？　よく後ろから抱きついたり、背中合わせで話し合いしてるでしょ？」

「まぁ、最近ちょくちょくやるな」

「――そんな体勢で真面目な話をするの、どうかと思う」

「今さら⁉」

思わずツッコミを入れるが――美月は楽しそうに笑って、膝の上の俺の頭を撫《な》で始《はじ》め。

「あはは。イヤなら止めるよ？」

「……イヤではないです。――足、キツくなったら無理するなよ？」

「うんっ♪」

楽しそうに――嬉しそうに応《こた》えた美月から、軽く眼を逸《そ》らし。

……『この体勢もどうかと思うが？』という意見は、言わないでおく事にした。

「じゃ、例の話の続きをするけど。『欲望』とか『願望』とか難しい事を考えてたけど――要は『俺たちは、どうなりたいのか』って話だと思うんだ」

「――うん、それだよね。『恋人《こいびと》っぽくなりたい』も『イチャつける様になりたい』も、『じゃあ何が変われぱいいの？』って話になっちゃうし」

確かに『イチャつける様になりたい』も目標ではあるが――それは、いわばスポーツ選手の自己鍛錬《たんれん》の様な、継続《けいぞく》努力の行動指針。

もっと、こう――『〇〇選手みたいな世界で活躍《かつやく》できる選手に』とか、『金メダルを目指して』とか『40代まで現役《げんえき》選手でいたい』等の具体的な目標・意図が無いと、『とりあえず筋肉を付けよう』くらいの軽い意味しか無い気がする。

この前言った『俺から甘えられる様に』といった目標は具体的ではあるが……通過点の様なモノで。それを最終目標とするのは、どうかと思ってしまう。

ならば、どうしようという話になるのだが……。

大河と雪菜が言った通り、俺と美月は性的な方面は回避《かいひ》、というか保留中。

婚約・結婚、そしてその後に望む未来図はあるが——既に婚約済みで結婚は時間待ち。

そんなわけで……こと関係性については、現在クリア可能な地点は既にクリア済み。

あとは時間経過で状況が変わるのを待っている状態のため——大河と雪菜が言った『表彰待ち』『オマケ要素やり込みプレイ中』は、実に的を射ていると言える。

「……ここに来て、また『倦怠期《けんたいき》の熟年夫婦の悩み』が出てくるのか」

「あ、あはは……私たちは状況が変われば先があるけど——確かに現状は、まさにそんな感じだよね」

……とはいえ。確かに、具体的な目標は思《おも》い浮かばない。しかし、それでも『願望が無いのか』と言うと、そうでもない気がする。

だって『イチャつける様になりたい』は確かに目的ではないが、それでも俺たちが望んで決めた指針。——だから、俺たちには何かしらの願望はあるはず。

だけど、それが何なのかがハッキリとは分からず。

「——学校での妙なモヤモヤ、多分これが原因なんだよな」

「あはは……私もそんな感じだよ。悠也は今後の目標、何か浮かんだ？」

「……『俺から甘える』っていうか――『俺から動く』っていうの以外だよな？」

「うん。それはそれで嬉しいけどね？　でもそれだと、私は何も出来ないし」

そう言われ――『まぁ、そうだよな』と頷きつつ、考えた事を伝える。

「真っ先に浮かんだのは――『現状維持《いじ》』。高校卒業すれば、状況が変わるだろ。それまで今の関係を維持。……コレはコレで、悪くない指針だとは思うんだけどな」

俺たちの第一目標は『一緒《いっしょ》に生きる事』。だから、今の良い関係を維持していくというのも、十分に目標となり得る。

「うん、それは私も考えたよ。でも……それって問題の先送りだよね？」

……そうなんだよな。『どういう自分たちになりたいか』という事からは、ただ眼を逸らしているだけって事だし。

高校を卒業して状況と環境《かんきょう》が変われば、それに伴《ともな》っていろいろ変化はするだろうが……将来的に、また同じ問題にぶつかってしまう可能性もある。

「現状維持って言えば聞こえは良いけど……関係の停滞《ていたい》はイヤだよな。それに――今の関係を気に入ってはいるけど、現状で満足ってわけじゃないもんな」

「ん、そうだよね。……私もヤキモチ妬き、もうちょっと何とかしたいし」

「……俺たち2人ともヤキモチ妬きだし、確かに関係から来る問題でもあるか。あと――

そもそも何かしらの願望はあるはずなんだよ。じゃないと、関係を進めたいなんて思わないはずだし。ただ、それが何かが分からないだけで」

そんなわけで――『自分たちの願望を、何て言えば良いか分からない』。

それが現在、俺たちが抱《かか》える『モヤモヤ』の正体で、現状の課題。

状況を整理して、改めて『モヤモヤ』について考え。

そんな俺の頭を、膝枕している美月は撫で続けながら――不意に、口を開いた。

「――ねぇ悠也。いっそ、誰《だれ》かに訊いちゃおっか？」

「……はい？『俺たちの願望って何でしょう』って？」

「あはは っ、もちろん違《ちが》うよ。――上手《うま》くいってるカップルに、気を付けてる事とか訊いてみるのはどうかな？　上手くいけば私たちの問題が分かるかもしれないし、そうじゃなくても今後の参考になるでしょ？」

「ああ、そういう……。うん、良いかもしれない。ただ――誰に訊く？」

美月の案は、確かに良いと思う。だけど問題は、参考に出来そうな相手は限られそうだ、という事で。

俺たちの現状は、普通《ふつう》の恋人関係より、夫婦関係の悩《なや》みに近い。

ならば親たちが候補に入ってくるが……こういう相談を自分の親にしたくないというのもあるが、少々年季が入り過ぎている気もする。

「んー……理想は、まだ若いご夫婦だよね。でも浮かばないから――とりあえず雪菜たちには相談してみようかなって」

「だな。あとは――委員長たちは論外として、自分たちの親は最後の手段にしたいから……夏実《なつみ》さん辺りに訊いてみるか？」

とりあえず、今回話した事を大河と雪菜にも話して相談してみるか。他にも何か良い案が出てくるかもしれないし――


と、そんな感じで話がまとまりかけた時。美月のスマホに着信が。


「あ。――やっぱりお母さんからだ」

そういえば、夕方以降に電話が来るって話だったか。何の用だろうか？

……さすがに膝枕《ひざまくら》状態で月夜さんと話すのは気まずいため、身を起こし――何故か自然と正座状態になった。

美月は一瞬《いっしゅん》だけ残念そうな顔をした後、正座した俺に苦笑いを浮かべ。

そして、俺にも聞こえる様にとスピーカーモードで通話を開始し――

「――もしもし、お母さん？　どうしたのー？」

そんな美月の問い掛《か》けに返ってきたのは――しかし、月夜さんの声ではなく。


『――うん、元気そうで良かった。久しぶりね、美月ちゃん♪』


「「……へ？」」

予想していた月夜さんの声ではなく、誰の声かが分からなかった。

だけど確実に聞き覚えがある声。

そして向こうもスピーカーモードで通話しているらしく、後ろから別の人間の笑い声が聞こえる。多分、男女１人ずつ。

――女性の方は多分、月夜さんだよな？　そして男性の方は、親父《おやじ》さんではない、か。

他に、美月の身内の男女……？　――あっ⁉

俺が思い当たったのとほぼ同時に、美月も電話口の相手に気付いた様で――

「――まさか、透花《とうか》お義姉《ねえ》さん⁉」

『ええ、正解♪　久しぶりね、美月ちゃん？　あと、後ろに居るのは悠也くんね？』

『――あと、もちろん僕《ぼく》も居るよ？　久しぶりだね美月、悠也くん』


……何故、海外に居るはずのこの人たちが月夜さんのスマホから掛けてきたのかは分からないが、とりあえず月夜さん主催のサプライズ、というのは分かった。

「お久しぶりです透花さんと――伊槻《いつき》兄さん」

サプライズが見事に直撃《ちょくげき》して絶句している美月に代わり、俺が挨拶《あいさつ》。


電話の向こう側に居るのは――電話を掛けてきたのが、伏見 透花。

その後に聞こえてきた男性の声は――伏見 伊槻。

伊槻兄さんは、８つ離れた美月の兄。透花さんは、その奥《おく》さん。


このタイミングでサプライズを仕掛《しか》けてきたのは、美月の兄夫妻で――奇《く》しくも俺たちの事を相談する相手として、最も理想的な２人だった。

3章 先駆者たちのアレコレ

――金曜。今日は1学期の最終日。

無事に終業式も、学期最後のホームルームも今さっき終わった所で。

これで一般《いっぱん》生徒は夏休みに突入《とつにゅう》。

と。開放感に浮《う》かれる声が教室の方々から聞こえる中、帰り支度《じたく》をしていると――近づいてきたのは、安室《あむろ》。

「お疲れさん、鳥羽《とば》。これから予定空いてる奴《やつ》らで、どっか遊びに行こうって話になってるんだけど、どうだ？」

「あー、悪い。今日は用事あるんだ。――あの3人も一緒」

言いながら俺が指さしたのは、雪菜《ゆきな》の席。

そこには、ホームルーム終了《しゅうりょう》と同時に駆《か》け寄った美月《みつき》と、元々席が隣の大河《たいが》が。

「ああ、なるほど。生徒会か？」

「いや、そこら辺は来週からの予定。今日は美月の兄さんたちと買い物で――その後そのまま、美月の実家に泊《と》まる予定かな」

――一瞬、教室内の喧噪《けんそう》がピタリと止《や》んだ。

「……お泊まり？」

「嫁《よめ》の実家に――『ご挨拶』？」

「いや、それより嫁の兄って……修羅《しゅら》場《ば》的な方面を期待出来るかも？」

――皆《みな》さんの下衆の勘繰《かんぐ》りが甚《はなは》だしいデス。

「……『ご挨拶』も何も俺と美月は婚約者《こんやくしゃ》だし、美月の兄さんは昔からよく遊んでもらってたし――大河と雪菜も一緒で家族も居る家でナニか有るワケなかろうがっ」

軽く脱力した後、半ばヤケ気味に反論。

そんな遣り取りを聞いていた幼馴染《おさななじみ》3人が、苦笑《くしょう》を浮かべながら近づいてきた。

「美月さんのお兄さんとは、悠也《ゆうや》だけでなく私も雪菜も良くしていただきました。最近まで海外に居たのですが、戻《もど》ってきたそうで」

「あははっ、一応言っておくけど、兄さんは既《き》婚者《こんしゃ》だよ？　お嫁さんがおめでただから、日本に戻ってきたんだ～♪」

「私たち透花《とうか》さん――美月ちゃんの義理のお姉さんにも仲良くしてもらってたの。だから余計な意味の無い『ご挨拶』と、お祝いを言いに、だね」

と、そんなわけで。

美月の兄である伏見《ふしみ》伊槻《いつき》さんと、その奥さんである伏見 透花さんが帰国してきたのだが――その理由は透花さんのご懐妊《かいにん》。

月曜にサプライズで電話してきた伊槻兄さんだが、その翌日には再び海外へ。

そこで諸々《もろもろ》の残務と引継《ひきつぎ》を終わらせて、また帰ってきたのが昨日。

それで今日は、ご夫婦の生活雑貨などを買いに行くのが第一目的。

「おお～、美月ちゃんおめでとう！　その歳で『オバさん』だね♪」

「あ、あはは……ありがとう。やっぱりソレ言われるかぁ」

予想はしていたが、祝福の声と共に、やっぱり言われた『オバさん』。

しかしソレは、ここ数日で俺と雪菜が散々使い倒《たお》したので、既に慣れている美月。

少々複雑そうながら笑顔《えがお》で流した。

「――なるほど。じゃ、とりあえず今日の所は諦《あきら》めるわ。夏休みは、何か予定は？」

「んー、俺と美月の誕生日前後に、軽く家族旅行？　あとはお盆《ぼん》に法事と、それとは別でお墓参り、くらいかな？」

安室に訊かれ、決まっている予定だけを告げて――美月に確認《かくにん》を取る。

「うんっ、そうだねー。他にも少し遊びに行く予定はあるけど、大きいのはそれくらいだと思う。透花さんや兄さん関係で、何か増えるかもだけど」

俺と美月の誕生日は、8月7と8日。

毎年その近辺は、お互《たが》いの家族と親しい人たちで別荘《べっそう》へ。

ちなみに、雪菜一家と大河一家も毎年参加。理事長の明日香《あすか》さんも毎年誘《さそ》ってはいるが、来れたり来れなかったりで、今年は無理との事。

と、美月のセリフに、一部の同級生が反応した。

「鳥羽の家の法事に、伏見も？」

「え？　うん。悠也の父方のお爺《じい》ちゃんとお婆《ばあ》ちゃんなんだけど――私もお世話になったから。ずっと参加させてもらってるよー」

……ついでに言うと、法事とは別件の墓参りは、明日行く予定。

祖母の方の月命日なんだが……実は、ちょっと別の意味もあって。

『──ああ、『生まれた時からの婚約者』だと、そんなものなのか」

美月の言葉に納得し、そんな言葉を返してきた。

だけど──その何気ない言葉に、俺《おれ》と美月はつい反応してしまい。


「「え？　違うけど？」」


『『『『──え？』』』』

大河と雪菜以外の聞いていた面々が、揃って頭に疑問符《ぎもんふ》を浮かべて見てきた。

──やば。ちょっとメンドクサイな……。

美月と顔を見合わせると、そちらも『失敗した……』という苦い表情。

実はその辺に、嘘《うそ》は言っていないが──黙って勘違《かんちが》いさせている事がある。

話すと確実に詳《くわ》しく訊《き》かれ、それが少し……なため、そのままにしている事で。

「──悠也、そろそろ時間です。伊槻さんをお待たせする事になりますよ？」

「ん？　──ああ、ありがとう。じゃあ美月、行こうか」

「うんっ！」

事情を知っている大河が、逃《に》げる口実を作ってくれた。

……その後ろでは、雪菜も苦笑いしてるし。

「ちょっ⁉　どういう事だ？　この前『生まれた頃《ころ》からの許嫁《いいなずけ》』って言ってたよな？」

クラスの大多数が呆気《あっけ》にとられている内に、いそいそと帰り支度を済ませた俺たちに、真っ先に復帰した安室が訊いてきた。

……さすがに、何も言わずに帰るわけにもいかないか。

美月と苦笑いを交《か》わし合ってから――少しだけ答える事に。

「――まぁ『生まれた頃から許嫁』ってのは、事実だぞ？」

「「「「…………へ？」」」」

俺の言葉に、復帰しかけた面々が、さらに混乱の声を漏《も》らし。

そこに、美月がトドメを刺《さ》す。

「うんっ、『許嫁』は生まれた頃からだけど。『婚約者』は中学からなんだー」

そんなわけで。

英語だと『許嫁』も『婚約者』も同じ『フィアンセ』で、国語辞典にも同じ意味として載《の》っているけれど――俺たちは意図的に分けて使っていて。

『生まれた頃から許嫁の婚約者』

こう言っている本当の意味を、身内にしか言っていなかったりする。

「――そんなわけで、じゃあな。何かあったらメッセ送ってくれ」

「じゃあね皆！　また夏休み明けに～」

そう言った俺と美月に、大河と雪菜も続き。混乱につけ込む形で教室を脱出《だっしゅつ》。

後ろで騒《さわ》ぎが起きた気がしたが――ま、いいか。

◆　◆

その後、俺たちは帰宅して着替《きが》え。

昼食は食べず、用意しておいた荷物を持ち。外で待つのは暑いのでマンションのエントランス内で少々待つと。

「あっ、アレかな？」

1台のファミリーカーが、エントランス前に止まり。

1組の男女が降りてきて――エントランスに入る所でこちらに気付いた様で、こちらに小さく手を振《ふ》りながら入ってきた。

「久しぶり、伊槻兄さん、透花さん」

「こんにちは兄さん、透花さん！」

俺と美月が声を掛けると、2人は笑顔で応え。

「うん、久しぶりだね美月、悠也くん」

「お久しぶり悠也くん、美月ちゃん。大河くんと雪菜ちゃんも」


大河に近い長身に細身、ふわふわで柔《やわ》らかそうな髪《かみ》に柔和《にゅうわ》な笑み。

そんな『好青年』を絵に描《か》いた様な男性が、美月の兄である伏見 伊槻。

その隣に並ぶのが――美月より少し高い身長にスレンダーな体型。ストレートの長い髪は、やや明るめの茶色。少しツリ気味の目が、芯《しん》の強そうな印象を与《あた》える。
『モデルの様な』という表現がピッタリな、伊槻兄さんの奥さん、伏見 透花。

長身の美男美女が並んで歩く姿を見ると、本当にお似合いの2人だと思える。

「お久しぶりです、伊槻さん、透花さん」

「お久しぶりです、お兄さん。透花さん、この度《たび》はおめでとうございます♪」

続いて挨拶した大河と、祝福の言葉を告げた雪菜。

「――あははっ、ありがとう雪菜ちゃん」

「まだお腹《なか》の方は目立たないんだね？　――無理はしないでね、透花お義姉さん」

「まだ初期だからね。ありがとう、美月ちゃん」

少し恥《は》ずかしげながら、嬉しそうに言葉を返す透花さん。伊槻兄さんは――少々気恥《きは》ずかしげに顔を逸らしていて。

そんな2人を見て、俺たちは揃《そろ》って笑顔を浮かべ。

「――こほん。じゃ、そろそろ行こうか。予約の時間まで、あんまり余裕《よゆう》無いし」

兄さんは照れ隠《かく》しも兼《か》ねてか、そう言って俺たちを車に促した。


今日の予定は、まず予約してくれているレストランで昼食。その後は生活雑貨の店を見て回り、美月の実家に行って宿泊《しゅくはく》。

移動は伊槻兄さんの運転で、夕食は――買い物が終わった時間次第《しだい》。多分、適当な店に入って食べる事になると思う。夕食には早い時間に終わった場合は、材料を買って美月の家で、なんて考えてもいるが……まぁ、無いだろう。

全員が乗った車が動き出してから——美月が、思い出した様に口を開いた。

「ところで兄さん、もう車貰ったの？　お父さんの車じゃないし……レンタカーかと思ったけど、ナンバープレート見たら違ったし」

そう訊いた美月に、運転中の伊槻兄さんは少々複雑な表情になり。

「——実は、この前帰ってきたら父さんがポンッと買ってて、あとは登録するだけになってた。……今度、最低でも半額分は返すつもりだけど」

「あ、あー……父さんなら確かにやりそう……」

伏見家のご両親は、決して浪費家《ろうひか》ではない。むしろ所得から考えると、かなり倹約《けんやく》している方だと言える。……しかし基本的に身内には甘《あま》く、特に家族の健康・安全・快適のためなら、金や手間、手段を選ぶ気も惜《お》しむ気も一切《いっさい》無い。

おそらく、透花さんのご懐妊に伴う夫妻の帰国を知って、即断即決《そくだんそっけつ》で購入《こうにゅう》。お祝いと称《しょう》して半ば強引《ごういん》に押《お》しつけたのだろう。

兄さんは『半額だけでも返す』と言っているが……受け取るかどうかは微妙《びみょう》なところ。

「でも、そういう性格、伊槻もお義父さんの事は言えないんじゃない？　私の妊娠《にんしん》を知って、即座《そくざ》に『日本に帰ろう！』って言い出したし♪」

「あ、あははは……」

からかい口調で話に加わった透花さん。兄さんはバツが悪そうに誤魔化《ごまか》し笑い。

経営者である親父さんの後継者《こうけいしゃ》として、海外支社で働いていた伊槻兄さん。

聞いた話によると――既《すで》に十分な実績は積めていたが、あと数年は向こうに居る予定だったらしい。

しかし透花さんから妊娠を告げられた兄さん、即座に本社社長である自分の父親に連絡《れんらく》。

その直後に自分の働く支社の支社長に『速《すみ》やかな帰国を希望』と告げ。

元から大きな仕事に区切りがついた所だった事に加え、初めて『経営者一族の強権』も発動させ。兄さんの手腕《しゅわん》もあり、たった2週間での帰国を勝ち取ったそうだ。

……確かに、身内のためなら手段を選ばない、伏見家らしい行動かもしれない。

「――悪かったね、慌《あわ》ただしく振り回しちゃって」

「ううん。私のためなんだから嬉しいし――そういう性格、好きよ？」

「ははっ、ありがとう透花」

……俺たちも居る車内で、そんな遣り取りをサラッと交わしてしまうご夫妻。

「悠也と美月さんのアレコレ、お2人ならではの科学反応かと思っていましたが——伏見家の血が感染源《かんせんげん》なのでしょうか……？」

「……どうなんだろ？　鳥羽家もいろいろ——アレでしょ？」

「確かに。では、ただの『類友』ですか」

そんな会話を交わす大河と雪菜。……雪菜さん『アレ』って何でしょうか？

そして君ら。『類友』と言いますが——君らも色んな意味で『友』ですよ？

「あ、あははは……と、ところで雪菜？　雪菜は兄さんたちの急な帰国を予想してたっぽいけど——なんで分かったの？」

少々気恥ずかしくなったらしい美月が、話を変えるために振った話題。

それに今度は、雪菜が少々気まずそうな顔になり。

「えっと……伊槻さんが急に転属のための処理を始めたのは、一部で話題になってて。一時は『社長に何かあって、急な世代交代か？』って噂《うわさ》も出てたんだよ。そのせいで、少しだけど株価にまで影響《えいきょう》が出たんだよ？」

「あ、あー……。言われてみれば、少し不自然な動きがあったかも……？」

俺と美月は株取引で収入を得ているが——自社および関係会社の株を扱うのはトラブル

の元なので、軽い情報収集くらいに留《とど》めていた。

だから気付かなかったのだが……逆に言えば、その程度の情報収集でも気付くレベルの異常が起きていた、とも言えるわけで。

「――日本の本社に動きが無かったから、すぐに違うって分かって元に戻ったんだけど。私はお兄さんたちの性格を知ってるから、もしかしてって予想してたの」

と、さすがの情報処理能力を見せてくれた雪菜。

そして、それを聞いた透花さんは。


「――妊娠で経済に影響を与える私の人生って……」


軽く頭を抱えていました。……その気持ち、分からなくもないです。

「あっ、い、いえ！　今回はむしろ、お兄さんのせいっていうか……この規模の企業《きぎょう》の経営者一族が異常行動とったら『そりゃ注目されるわ』っていう話なんで！　――近い将来に美月ちゃんの時にも、悠也くんの動き次第ではもっと大事になると思いますよ？」

「な、なんでこっちに流《なが》れ弾《だま》飛ばしてくるかなっ⁉」

雪菜の発言に――というか、ソレを飛び火させた事に抗議《こうぎ》の声を上げる美月。

……実際、下手を打ったら大事《おおごと》になるのは分かっているし――本当に『そういう状況』になった場合、自分が冷静に行動出来る自信は無いんで、俺は黙《だま》っておきます。

フと視線を感じて前を見ると――ちょうど車が赤信号で止まっていたのもあって、兄さんがルームミラー越《ご》しにこちらを見ていて。

「「…………」」

女性陣《じょせいじん》の喧騒《けんそう》を聞きながら。鏡越しに苦笑いを交わし合い、黙っている事に決めた俺たちだった。

◆　◆

その後、レストランで食事をしてから、再び車で大型ショッピングモールに。

「ところで兄さん、透花さん。まずは何を買うつもりで？」

駐車場《ちゆうしやじよう》に車を停《と》め、全員が降りた所で訊いてみた。

「うん、まずはカーテンかな？　家電の類はウチので十分だし、他は細かい物を？」

「それと時計かしら。壁《かべ》に掛けるヤツ。他には本棚《ほんだな》とかの収納系とか――仕事するのにイイ感じの雑貨があれば、ってところね」

透花さんの仕事は『翻訳家《ほんやくか》』。ＰＣさえあれば仕事場所を選ばないため、今回の急な引っ越しにも対応出来たわけで。

「透花は仕事の〆切近くになると、部屋に籠りっきりになるからね……。ある程度、部屋の中で完結するような感じにしちゃった方がいいかもしれないね」

そんな兄さんの言葉に、少し考えた後で口を開いたのは――大河。

「さすがにキッチンの設置は無理でしょうから……小型の冷蔵庫などは？」

「――さすがに旦那《だんな》の実家で同居するのに、『自室に自分専用の冷蔵庫を付けます！』とか言う度胸は無いわ……。ちょっと惹《ひ》かれるけど」

そんな事を言った透花さんに――何故《なぜ》か伊槻兄さんが、悪戯《いたずら》を思いついた様な顔で。

「透花、透花。――」

「はい？　――。…………ッ!?」

兄さんに耳打ちされ――少し間を置いてから急激に赤くなる透花さん。

俺は聞こえなかったが、近くに居た雪菜は聞こえた様で、少し頬を赤くしている。

――なんとなく察した。大方『じゃあ夫婦《ふうふ》の寝室《しんしつ》に置こうか』辺りかな？

「……伊槻さんは、実は結構なＳ寄りの人なのでしょうか？」

「そ、そうなのよ！　こいつ外ヅラは良いのに、実は人をからかうのが大好きなのよ？

……付き合う前とか、やたらとちょっかい掛けて来たし」

「あははっ。だって、そうしないと透花の気を引けないと思ってたし」

「あ、アンタねぇ……っ」

……呆《あき》れた様に言った大河のセリフから、『犬も食わない』と言われるタイプの口論に発展した、兄さんと透花さん。

その様子を生温かく見守りながら——フと思い出した。

——そういえば、この2人は普通に恋愛《れんあい》して結婚《けっこん》に至ったんだよな。

俺たちの様な幼馴染でも、許嫁などでもなく。

確か高校受験の予備校で出会い、高校で付き合い始めた、という話だった。

つまり、俺たちの関係者の中では数少ない、普通の恋愛でゴールに至った人たち。

そんな2人の馴《な》れ初《そ》めから、進展していく経緯《けいい》は——現在の状況《じょうきょう》からの進展を考える俺たちにとって、良い勉強になりそうな話だろう。

「——美月」

「はい？　——あ、なるほど……うん、そうだね」

美月に声を掛けると、最初は『?』といった顔をしたが、すぐに分かってくれた様子。

お互いに頷《うなず》き合い、揃って痴話喧嘩《ちわげんか》中の2人に向かい。

「――兄さん、透花さん」

「……はい?」

2人で声を掛けると――なぜか『悪寒《おかん》でも感じた様に』、ピタリと口論を止め、揃ってこちらに応える兄さんと透花さん。

……不思議には思うが、分からないので無視して、要件を告げる。

「――後で馴れ初め話、詳しく」

「は、はい? いいけど……?」

理由が分からず戸惑《とまど》った様子ながら、まるで気圧《けお》されている様にこちらを窺《うかが》いつつ、了《りょう》承《しょう》の意を返してくれたご夫妻。

その様子の理由がわからず、顔を見合わせて首を傾《かし》げる、俺と美月。

大河と雪菜は――呆れと諦めを混ぜた様な視線で、俺たちを見ていた。

◆

◆

その後。買い物は順調に――順調……？

……サメのぬいぐるみを発見して盛り上がったり、その流れでクッション論争が小一時間ほど続いたり、炭酸水メーカー等にめっちゃ惹かれて理性と物欲の狭間《はざま》で葛藤《かっとう》していたりと、目的を決めずに雑貨店を回る危険を『これでもか！』と味わったが……。

とにかく、順調っぽく買い物は終わり――食事はやはり、店で食べた。

兄さんが目を付けていたエスニック料理の店が、運良く空いていたので、あまり待たずに済んで。

そのお店は、サラダ系や酸味のあるメニューが充実《じゆうじつ》していて――透花さんは今の所、あんまり食欲不振《ふしん》などは出ていない様だけど……まぁ、そういう選択《せんたく》理由だろうな、と。

買い物中も、兄さんは常に透花さんを気遣《きづか》っていて。

そういう所は……将来に備えて、ちゃんと見習おうと思う。

その後、美月の実家に。

美月の実家があるのは、郊外《こうがい》の閑静《かんせい》な住宅街。

豪邸《ごうてい》と言える規模ではあるが、大企業の社長邸宅《ていたく》というイメージからは、やや控《ひか》えめ。イメージ的には――『超』は付かない一流芸能人の自宅、くらいだろうか。
……その代わり、セキュリティ方面が尋常《じんじょう》じゃない、というのは聞いているが。
おまけにホームエレベーター付きでバリアフリー。――妊婦《にんぷ》さんの生活場所としては、理想的かもしれない。

美月の親父さんは仕事で、週明けまで帰ってこられないらしい。
残念だが、親父さんへの挨拶はまた後日にするとして――美月のお母さん、月夜《つくよ》さんに挨拶してから雑談。
途中《とちゅう》で伏見家の飼《か》い猫《ねこ》、ルーくん（雄《おす》）とスーちゃん（雌《めす》）が遊びに来て、美月と雪菜が構い倒したり。（透花さんは撫《な》でるだけ。妊娠中だから念のため、過度の接触《せっしょく》は自重しているらしい。『ぐぬぬ……』状態だった）
そうしてくつろいだ後、交代で風呂《ふろ》を使わせてもらい――

「――さて。悠也くん、何か訊きたい事があるんだって？」

一応、就寝《しゅうしん》時間という事で——男性陣《だんせいじん》は伊槻兄さんの部屋、女性陣は美月の部屋に分かれ、寝《ね》る準備を整え。

あとは寝るだけ、という状態になった所で。

兄さんが口を開いた事で、お泊《とま》り会名物『夜のトークタイム』がスタート。


「あー……っと、ちょっと待って。少し頭を整理するから」

——と。いざ話す態勢になった所で、どう話し出そうかと、少々考えてしまい。

そんな時、助け舟《ぶね》なのか天然なのか、口を開いたのが我《わ》が幼馴染。

「ふむ。では景気付けとして——まず私の雑談からよろしいでしょうか？」

なかなか口火を切れなかった俺を見て、至って真面目《まじめ》な顔で言った大河。

「んー。ああ、そうしてくれると助かる」

「うん。僕もそれで良いよ」

「ありがとうございます。では——『大は小を兼ねる』という言葉がありますよね？」

俺と兄さんの返事を聞いて、すぐに話し始めた大河。

何の話かと、あまり期待せずに窺《うかが》っていると。

「その格言、こと女性の胸部装甲《そうこう》に関しては、全くあてはまりませんよね」

「初《しょ》っ端《ぱな》からそういう話かよ!?　何を言って――」

「――全力で賛同しよう」

「兄さん!?」

開幕一発目からのエロ話題に抗議――しようとしたら、兄さんがまさかの賛同。

「……悠也。こういう同性だけでのピロートークでは、恋愛話《コイバナ》か猥談《エロバナ》の２択《たく》というのが古来からのお約束では？」

「『古来』っていつからだよ、っていうか『ピロートーク』言うなよ!?」

そんな俺と大河の遣《や》り取りに、兄さんは楽しそうに笑って。

「あははっ、僕も同性同士のバカ話は久しぶりだから、こういう流れも大歓迎《だいかんげい》だけどね。――だけど、その……具体的な話は拒否《きょひ》させてもらうよ？」

後半は、少々気恥ずかしげに言ってきた。どういう意味かは……まぁ、分かる。

「あー、うん。それは大丈夫《だいじょうぶ》。興味はあるけど――俺も身内のそういう事情は、あんまり知りたくないし」

「……それは私もですね。――しかし、やはり伊槻さんも『小さい方』が、ですか」

「あははっ。小さい方っていうか、やっぱり色気が強い女性が苦手なんだよ」

少し気まずそうな顔をしたが、即座に話を戻す大河。楽しそうに応《こた》える兄さん。

この話題、一見すると普通の猥談だが……この2人に関しては、どちらかと言えば『コイバナ』の方で。

「っていうか2人とも、普通の『小さい方が好き』とは違《ちが》うと思うけど？」

「そうですか？」「そうかな？」

揃って言う2人に苦笑いを浮かべながら、解説をする事に。

「まず大河は——単に、女性の基準が雪菜なだけだろ？　昔から一筋で」

「…………否定はしません」

俺も人の事は言えないけれど……付き合いが長いせいもあり、俺たち4人の恋愛方面は相当に『重い』。

その中で最も重いのは雪菜——に見えて、実は大河だと思っている。少なくとも、相手への依存度《いそんど》という点では、間違《まちが》いなく大河。

この前の浮気疑惑《うわきぎわく》の際、即座に『まず、有り得ません』と言えたのは……諸々の理由はあるが、やっぱりここら辺を知っていたからで。

「——で。兄さんの方は……軽いトラウマ？」

「あ、あはは……まぁ、そうだねぇ」

兄さんは——昔、タチの悪い遠戚《えんせき》に目を付けられていた事があり。

少年時代に、未遂《みすい》だが『既成《きせい》事実』を狙《ねら》われた事があったと聞く。

……女性に興味を持つ前からそんな事があれば、そりゃ色気が苦手にもなる。むしろ女性恐怖症《きようふしよう》にならなかっただけマシな方。

「——そんなわけで、大河は兄さんを警戒《けいかい》する必要は無いんだからな？」

「………………おっしゃっておられる意味が分かり兼ねます」

苦い表情で顔を逸《そ》らす大河。しかし、もう一方からも追い打ちが入り。

「あははっ。一時期かなり警戒されてたからねぇ。……当時は僕も、何て言えば良いか分からなかったし。——あれをフォローしてくれたの、悠也くんだよね？」

「……それも気付いてたんだ？」

たしか、小学校の後半あたりの事だっただろうか。

俺たちは伊槻兄さんを『兄として』慕《した》っていたわけだが——それは雪菜も同様。

ただでさえ、それが心配だった大河。そこに……何処《どこ》からか兄さんの『色気のある女性が苦手』という話を聞いてしまい。

まだそこら辺の機微《きび》が分からない年頃《としごろ》だったため『色気のある女性が苦手』を『大人の

女性が苦手』に変換《へんかん》してしまい、警戒を強めた――という過去の事情。

「……その節は、ご迷惑《めいわく》をお掛《か》けしました」

「いや、まぁ仕方ないと思うぞ？　……もし兄さんが雪菜あたりの兄弟とかだったら、俺も似た感じになっていた可能性が高いし」

最近自覚した、俺自身の嫉妬深《しっとぶか》さを考えると……兄さんと美月に血縁《けつえん》が無ければ、俺も冷静でいられたかは、全くもって自信が無い。

自分の想《おも》い人と親しい、自分より明らかにスペックが高い存在……程度の違いこそあれ、警戒しない方がおかしいと思う。

「……こほん。話を戻しましょう。――では、一般的《いっぱんてき》な性癖《せいへき》を持つのは悠也だけ、という事でしょうか？」

「ちょっ⁉」

「――ふむ、なかなか興味深い話だね。大河くん、詳しく」

仕返しのつもりか、俺に矛先《ほこさき》を向けてきた大河。

そして、楽しそうに食いついてきた兄さん。

「悠也の好みは脚《あし》と脇《わき》、それと着衣のボディーライン好き、でしたよね？」

「ふむふむ。なかなか良い趣味《しゅみ》だね？」

……わざとらしくニヤニヤと視線を向けてくる2人。

大河の証言は極《きわ》めて正確だが——実は、少し反論の余地があって。

「……そこら辺を否定はしないが——俺の性癖の原因、兄さんだからな？」

「…………何の事かな？」

俺の言葉に、少し視線を泳がせた兄さん。

これは、薄々《うすうす》気付いていたな？

「——そこのクローゼットの隠しスペース、今も何か入ってるのかな？」

「……やっぱり知っていたのか」

昔、この家で『かくれんぼ』で遊んでいた際、たまたま見つけた場所。

そこに隠されていたのは、キワドイ——というか、ほぼアウトな類の青年漫画《まんが》。

……俺の性的嗜好《しこう》は、確実にその影響を受けている。

「兄さん、何気に昔からムッツリだったよね？」

「……否定はしないよ。例の件の影響で、主に2次元方面だったけど……——ッ!?　まさか大河くんへのフォロー方法って……？」

……気付かなくて良い事に気付いてしまった、勘《かん》の良い兄さん。

兄さんと雪菜の仲を警戒していた幼い大河を安心させるため、俺が言ったのは——

「悠也から言われたのは『大丈夫。伊槻兄さんは漫画の女の子専門だから！』でしたか。現物も見せていただいた事で、心から安心した記憶《きおく》があります」

「……何故か、ある日を境に心配する様な視線になってたの、それでか……」

大丈夫です兄さん。親にも美月たちにも言っていません。

申し訳ない気はするが……当時とれる手段としては、最良だったと思っている。

「――しかし悠也。たまたま見つけただけで、性癖に発展までしますか？」

「………黙秘《もくひ》します」

痛い所を突《つ》かれたので、顔を逸らして黙秘権《もくひけん》を行使。

――はい。機会がある度に、ちょくちょく見ておりました。

と、そんな俺に生温かい視線を向け、兄さんが口を開いた。

「そんなムッツリの悠也くん的に、ウチの美月はどうなのかな？」

「それを兄さんが訊く⁉」

俺は一人っ子だから分からないが。普通《ふつう》、兄弟姉妹のそういう話は聞きたくないモノなんじゃないだろうか……？

「むしろ美月の兄だから、じゃないかな？　君たちには上手《うま》くいってほしいからね。――で、どうなのかな？」

そう言って、ニコニコ楽しそうに見てくる兄さん。

――これは観念するしかない……というか、身内に話すのは気恥ずかしいだけで、別に隠す気は無いのだが。

「はっきり言って、理想のド真ん中。美月で不満なら、大抵《たいてい》の女性は無理だろうと思うくらいには」

「ふむふむ、なるほど。それは外見の話かな？」

「……外見の話『も』、だね。何度も言ってるけど、今さら美月以外は有り得ないよ」

視界の隅《すみ》には、そんな遣り取りを楽しそうに聞いている大河。

この２人の前で、今さら隠し事《ごと》をする気は無い。

「――うん、満足。上手くいってる様で良かった。悠也くんが『義弟《おとうと》』になるのを楽しみにしているよ」

「……どうも」

心底嬉《うれ》しそうに言われ、さすがに気恥ずかしくて顔を逸らす……が、まだ話は終わっていなかった様子で。

「──で？　そんな美月と、何かあったの？」

そんな質問を笑顔《えがお》のまま──少し『圧』を強めて言ってきた兄さん。

もしかして、こういう展開で話を切り出そうと決めていたのだろうか……？

「……いや、何も無いというか、何も無いが故《ゆえ》の問題が出てきたというか」

そうして、先月からの諸々《もろもろ》を説明していった──

◇　◇

「あー、なるほど。……ちょっと僕《ぼく》たちも、他人事じゃないかもしれないな」

『確かに。普通なら悠也たちより、伊槻さんたちが先にぶつかりそうな問題ですね』

説明を聞いた兄さんが漏らした言葉に、大河がそんな事を言った。

……兄さんの感想も『倦怠期《けんたいき》かよ』ですね、分かります。

「とりあえず……今悩《なや》んでいるのは『自分の願望は何か』っていう事だね。――美月との関係に、何かしらの願望があるのは自覚しているんだけど……」

そう言った俺に伊槻兄さんは、まるで既に答えが分かっているような顔で。

「うん、そうだね。そうじゃないと――『恋人《こいびと》っぽく出来る様に』なんて考えないよね」

「……え？　いや、それは『恋人未満』っていうのが気に食わなかったからで――」


そんな事を言われたので、少し思い返してみる。

『恋人未満』が気に食わなかったのは――ケチを付けられた気がしたから。

何にケチを付けられた気がしたかは……『俺たちの関係』。

つまり――俺が一番大切なのは、俺と美月の『関係』。


「――結局、その大切な『関係』をどうしたいんだろう、って話になるんだけど？」

と、自分の考えをまとめて言うと、目の前の兄さんは――

「――ぷっ、くくくっ……！」

このお兄さん、必死に笑いを堪《こら》えていました。

「へ？　兄さん、なんで笑って……？」

「──ぷっ、ご、ごめんっ。『心配無さそう』って安心したのと──こう、ギリギリでゴールに着かない感じが、ちょっとツボにハマっちゃって……っ」

笑いを堪えながら言った兄さんの言葉に──俺《おれ》と大河は、顔を見合わせ。

「──兄さん、俺の『願望』が分かったの？」

「あははっ。うん、多分だけどね。──普通は一番苦労する事だけど……確かに美月と悠也くんは、ほとんどスッ飛ばした事だね」

そう言って、少し意地悪そうに笑う兄さん。

「……それは、教えてくれないの？」

「教えてもいいんだけど……悠也くんの性格上、自分で気付いた方が良いんじゃないかな？　──多分、美月も悠也くんも当然すぎてスルーしているか……本当は分かっているのに、自覚するのが気恥ずかしいだけなのかも？」

そう言われても──それで直ぐに分かるくらいなら、こんなに悩んでいないわけで。

そんな不服が顔に出ていたのか、また楽しそうに笑いながら──

「──じゃ、1つヒント。……僕が透花と付き合う前。何を一番考えていたと思う？」

「は、はい？　透花さんとの事で、だよね？　……やっぱり『付き合いたい』とか？」

そう答えた俺に、兄さんはニッコリ笑って。

「まぁ、正解。――ずっと『どうすれば振り向いてくれるだろう』って考えていたよ」

そう言われ――余計に分かりそうで分からないモヤモヤ感が強くなったが……やはり、直ぐに分かる気はしない。

だけど、兄さんはこれ以上は何か言うつもりは無いらしく。

「ま、悠也くんと美月なら大丈夫だから――がんばれ、我が『義弟くん』♪」

そう言って、楽しそうに笑うだけだった――

SIDE：GIRLS

時間は、少しだけ遡《さかのぼ》り。
男性陣――悠也、大河、伊槻が話している部屋の隣室《りんしつ》。

美月の部屋では、寝るための諸々の支度《したく》を済ませた美月、雪菜、透花が――

「――で？　雪菜はどういう状況で、大河くんの服を『くんかくんか』したの♪」

「にゃあああっ⁉　なんで最初からその話⁉」

――これから寝る前のトークタイム！　といった所で、美月の開口一番がソレだった。

「あらあら、楽しそうな話題ね♪」

「透花さんまで⁉　――うぅ……単に大河くんの洗濯物《せんたくもの》を手伝った時に、ちょっと魔《ま》が差して着ちゃってってだけだよ……バッチリ見つかったし」

そう言って、膝《ひざ》を抱《かか》えて丸くなる雪菜。

それを見る美月と透花の眼は、可愛《かわい》い動物映像を見た様な、ほんわか視線。

「あはは、ごめんね雪菜。ほら、最近あんまり2人だけで話す事ってなかったでしょ？だから、ついテンション上がっちゃって」

「むぅ……。でも言われてみれば、悠也くんも大河くんも抜《ぬ》きで話すの、久しぶりだよね」

そんな2人の会話に、透花は怪訝《けげん》な表情を浮《う》かべ。

「――え？　同じ学校で、おまけに同じマンションに住んでるんでしょ？　機会なんてないくらでもあるんじゃないの？」

「あ、あはは……確かに、機会を作ろうと思えば作れるんだけど――ね？」

「私たち――私と美月ちゃんだけじゃなくて悠也くんもですが。あんまり単独行動はしないように言われているし……私たちは、女性だけで人気の無い所には行かない様にって言われてますから。だから機会は、作らないと出来なくて」

経営者の子女である美月は言うに及《およ》ばず、雪菜も十分に『お嬢様《じょうさま》』と言える存在で、おまけに『お仕事』方面でも狙われる理由に事欠かない。

2人の場合はそれに加えて容姿もハイレベルのため、営利目的以外にも……女性が気をつけるべき系統の危険も高いわけで。

「あー……私も今は人の事言えないけど――大変よね」

「あはは、私たちは子供の頃《ころ》からだから、警戒するのはもう慣れっこだけどねー。あと、そういう理由以外にも――私たちには悠也と大河くんが居るからね♪」

「ね？　その……お相手って意味だけじゃなくて、4人で居るのも楽しいですから」

「ねー♪　こういう同性だけじゃないと話せない事以外は、だいたい何でも話せるから。つい、機会を作るの後回しにしちゃうんだよねぇ……」

そんな美月と雪菜の話を、透花は微笑《ほほえ》ましそうに見て。

『私も女子会は大歓迎だから――話したくなったら、いつでも来てね？　自宅仕事だから、たいてい居るし。……って、元々美月ちゃんの家なのに、私が言うのも変かな？」

そう言って悪戯っぽく笑う透花に、美月と雪菜はクスッと笑い。

『ううん、もう透花さんの家でもあるんだから、変じゃないよー。……でも、里帰り出産なのに実家じゃなくて良かったの？」

後半は少し心配そうに言った美月に、透花は笑顔を返し。

「もちろん、そこら辺は話し合ったわよ？　いくつか理由はあるんだけど――まず、単純に立地の問題ね。……こういう状況になると私の実家、微妙に不便なのよね。具体的には、自転車か原チャ使えないと一気に不便に」

「「あー……」」

透花の実家は、美月の実家から電車で1駅の場所。

そのため、大きな視点での利便性は、あまり変わらない。

しかし買い物などの日常生活となると……些細《ささい》な立地が大きく影響してくるわけで。

便利だからと妊婦に自転車やバイク系は、相当リスクが高い。

「あと、病院は圧倒的《あっとうてき》にこっちが近いわよね。だから――万が一に備えてって、伊槻が『ウチに来ないか』って言ってくれたのよ」

「──あははっ。確かに兄さんなら、そう言うねー」

「そうだね♪　透花さんを第一に考えるだろうし──それでも実家が良いって言ったら、ご実家の近くに運転手付きの車を常駐《じょうちゅう》させたりしそう？」

「あ、あはは……アイツなら本気でやりそうだから、ヤメテ？」

雪菜の発言に少し頬を引きつらせた透花だが、すぐに気を取り直し。

「月夜さん……お義母さんも『歓迎《かんげい》するけど、ご実家じゃなくていいの？』って言ってくれたし。そう言ってくれる家族が居てくれる家なら、大丈夫だって思ったの」

少し照れくさそうに──でも嬉しそうに話す透花に、美月も嬉しそうな笑《え》みで。

「うんっ！　私も大歓迎だよ『義姉《ねえ》さん』♪　何か困った事とか大変な事とかあったら、いつでも言ってね？」

「言ってくれたら私も力になります、透花お姉さん♪」

「──ええ、ありがとう！　でも大丈夫……あ──」

美月と雪菜の言葉に、嬉しそうに返事をした透花が、何かを思い出して頭を抱え。

「え？　な、何かあったの……？」

「う、うん、大した事じゃないし、むしろ良い事だとは思うのよ？　でも……」

心配そうに訊《き》いた美月に、安心させる様に言ったが──遠くを見る眼になり。

「……まだ7月半ばなのに、お中元めっちゃ来てるのぉ」

それは『人脈が広い人の家あるある』だった。

「「……ああー」」

「お返しとかの対応、当分は月夜さんがやってくれるけど……将来的には私がやるんだって思うと――めっちゃメンドイ……」

お中元やお歳暮《せいぼ》、子供は純粋《じゅんすい》に『美味《おい》しい物が来た！』等と喜べるが……大人にとっては返礼などで相当に頭を悩ませる案件で。

そして。将来的に透花と同等か、それ以上の苦労をするであろう者が、美月。

「――義姉さん。将来的に、一緒《いっしょ》にがんばろうっ……！」

「ありがとう『義妹《いもうと》』っ……！」

この『姉妹同盟』結成の瞬間《しゅんかん》を――『この2人程《ほど》は苦労しないで済むだろうなー』と思いながら、苦笑いして見守る雪菜だった。

と。不意に透花が悪戯を思いついた様な顔になり――気付いた美月は首を傾げ。

「……義姉さん？」

そんな美月に、透花はにっこりと笑って。

「——いろいろ手伝ってもらう代わりに……美月ちゃんが妊娠《にんしん》したら先輩《せんぱい》として手伝うから、なんでも訊いてね♪」

「——へ？　……はっ！　な、何言ってッ⁉」

真っ赤になって慌《あわ》てる美月を、微笑ましそうに見ている雪菜。……美月はそんな他人事の様に見ている親友を——道連れにする事に決め。

「わ、私は少なくとも、高校卒業までは『禁止令』出てるから！　だから場合によっては雪菜の方が先かもっ」

「……ふえ？　——ッ‼　は、わ、私⁉」

傍観者《ぼうかんしゃ》を決め込んでいた所に、急に矛先を向けられ、大慌《おおあわ》ての雪菜。

それを『ふむふむ♪』と楽しそうに見ている透花と——『言ってやった！』的に、一仕事を終えて満足感を出している美月。

そんな2人に——色んな意味で顔を赤くした雪菜は。

「わ、私だって『まだ』だから、美月ちゃんと条件は同じだよっ！」

「「……え？」」

雪菜の発言に、信じられないモノを見たような顔をする美月と透花。

「な、なんでその反応!?　私の事をどう思ってるの!?」

そんな抗議《こうぎ》の声に、気まずそうに眼を泳がせた後、まずは透花。

「だ、だって長い付き合いで……正式に付き合ってからでも1年以上経《た》ってる高校生でしょ？　美月ちゃんと違って禁止令も出てないなら——ねぇ？」

「ねぇ？　それに雪菜はむっつりさんだし……この前、大河くんとデート帰りで、イイ雰《ふん》囲《い》気《き》で一緒に部屋に入っていってたよね？」

「『むっつり』は余計だよっ！　——っていうかアレ見てたの!?　あの時も何も——そ、その……『それ』は無かったよ！」

透花と美月の発言に、真っ赤になって反論する雪菜。

それを見ながら『何も無かったわけではないんだな』と、微笑ましく眺《なが》める他2名。

それを見て、少し冷静さが戻《もど》ってきた雪菜。

「……私と大河くん、一応は美月ちゃんたちの『お目付け役』でしょ？　その美月ちゃんたちがダメって言われてるのに、私たちは気にせずっていうわけには――ね？」

「……私も悠也も、気にしないのに」

「うん、それは分かってる。だけど私たち自身が気にするの。――特に、私より大河くんが気にしてるんだよね」

「あー……大河くん、義理堅《ぎりがた》いからねぇ」

雪菜が困った様な――だけど少し嬉しそうな顔で言い。

美月もそれを分かった上で、苦笑いで応えた。

透花は少し『〇〇のせい』という話になる事を警戒していた様だが、そうならなかった事に安堵《あんど》し――話を変えようと、今度は楽しそうな笑みを浮かべて口を開く。

「――だけど――雪菜ちゃん『まだ』なのに、その前から『くんかくんか』に目覚めるのは……どうなの？」

「え？ 変なの⁉」

雪菜だけでなく、美月も揃《そろ》って不安の混じった驚《おどろ》き声を上げた。

「……え？」

「――あっ」

透花と雪菜が視線を向けると――思わず視線を逸らす美月。

……その反応が、全《すべ》てを物語っていた。

「美月ちゃん――私をからかっておいて『くんかくんか』自分もしてたの⁉」

「あ、あはは……今の生活が始まったばっかりの頃、洗濯《せんたく》を手伝った時にちょっと――で、でも私も少しシャツを着て――ってだけだからね⁉」

気まずそうに弁解する美月に、雪菜はジト眼を向け――

「……伏見・クンカクンカ・美月」

「何そのミドルネーム⁉　そ、それに――さっきの言い方を思い返すと、透花さんも経験後に『くんかくんか』やったっぽいよね！」

「っ、しまった⁉　――だ、だって仕方ないじゃない！　その、いろいろと思い出して……分かるでしょ⁉」

「私より生々しいんですけどっ⁉　伏見・クンカクンカ・透花さんっ！」

……『伏見』の姓《せい》を持つ2名のバトルが始まり、やや置いてけぼり状態になった雪菜。

少し戸惑った様子を見せた後、仲裁《ちゅうさい》に動きだし――

「ど、どっちもどっちだから、喧嘩《けんか》はやめよ？　ねっ『伏見・クンカクンカ姉妹』？」

「――だからソレはヤメなさい！　沢渡《さわたり》・クンカクンカ・雪菜ッ!!」


見事なまでに火に油を注がれた後――『クンカクンカ3姉妹』の口論は少々続き。


「……止めましょう。いい加減に不毛だわ……」

「はぁ、はぁ……そうだね。――雪菜もＯＫ？」

「う、うん。――これ以降、『くんかくんか』の話題は全力回避《かいひ》。もし話す事情が出来た場合は……2人以上の同意の上で平和的に、ってとこでどうかな……？」

「「異議無し」」


――ここに『くんかくんか不戦条約』が締結《ていけつ》。3人の絆《きずな》が、また少し深まった。


「と、とにかく、少し話を――戻しましょうか。……大河くんもだけど、悠也くんもよく我慢《がまん》してるわよね。男の子って正直――その、今の時期が一番お盛んなんでしょ？」

「そ、それを私たちに言われても困るんですけど……色気っていう点なら私より美月ちゃんだから――そこら辺どうなの？」

雪菜の言葉の後――雪菜と透花の視線が、美月の『顔の下』に行った後、顔に戻って、聞く態勢を整えた。

「――あ、あはは……今の視線、わざとやったよね？　そういう2人もスレンダーでスタイル良いよね？　顔も良いんだから――理性への破壊力《はかいりょく》は十分以上にあるでしょ？」

「んー。でももし写真集とか出した場合――売れるのは私や雪菜ちゃんより、美月ちゃんみたいなタイプでしょ？」

「そ、そうとも言えないんじゃ……ほら！　透花さんのに『人気美人翻訳家《ほんやくか》が脱《ぬ》いだ！』とかのキャッチフレーズ付いたら、一気にドンッといきそう？」

「なんで私、ナチュラルに脱がされるのよ⁉」

そんな、本人以外には愉快《ゆかい》な遣り取りを楽しく眺めていた雪菜だが――不意に表情を真面目なものに変え、口を開いた。

「でも実際のところ、美月ちゃんと悠也くんの『そっち方面』の感覚ってどうなってるのか、ちょっと聞いてみたいんだよね。……一緒にお風呂も入ったって話だし」

「その話、詳《くわ》しく」

至って真面目な顔の雪菜と――即座《そくざ》に食いついてきた透花の視線に軽く引きながら、美月は何と応えようか考え。

「え、えっと……『そっち方面』っていうのは、羞恥心《しゅうちしん》とか——相手への『そういう意味』での興味とか、っていう話？」

「「うん、とりあえずソレで」」

揃って、齧《かじ》り付く勢いでの回答に頬を引きつらせながら、話す言葉を選ぶ美月。

「……と、とりあえず私の羞恥心は、普通だと思うよ？　例の中2の時の件で——お風呂《ふろ》場《ば》で遭遇《そうぐう》したのが他の男なら、悲鳴を上げて逃《に》げるか反撃《はんげき》するかだったと思うし」

「……透花さん。『逃げる』はともかく『反撃』は、どうなんでしょう？」

「んー、逃げられない状況《じょうきょう》なら当然の選択肢《せんたくし》じゃないかしら？　——即座に思い切れるかは別だけど、オカシイとは思わないわね。——で、悠也くんだったから、どうしたの？」

——『なんで尋問《じんもん》形式になってるんだろう？』とでも思っている様子だが、半ば諦《あきら》めた感じで、自分の行動をあっさり口にする。

「『せっかくだから』って開き直って、一緒に入った」

「「それはオカシイよ!?」」

美月が当然の事の様に言った言葉に、全力ツッコミを入れる雪菜と透花。

「この前聞いた時は、単に『引くとマズイから』って理由しか言ってなかったよね？　『せっかくだから』って何⁉」

「中2で羞恥心あって、それなのに全裸《ぜんら》遭遇《そうぐう》で『せっかくだから』って発想、普通は無いわよ⁉　どういう思考でそうなったのよ……？」

そんな2人の反応に、頬を引きつらせた美月。

だがその表情は、少し頬を染めながらも、真面目なものになって。

「――だって。例の冬山の件と……他にもあって。その時にはもう、私は悠也とずっと一緒だって――そういう事をする相手は悠也しか居ないって、決めてたから」

その言葉と表情、そして込められた覚悟《かくご》に、軽く気圧《けお》された様な透花と――事情を全て知っているため、『それなら納得《なっとく》』という表情の雪菜。

そんな2人に、気遣《きづか》う様に笑みを向け。再び口を開く。

「そんなわけで――引いたらマズイ状況だったたし、『せっかくだから色々見てやろう♪』って、勢い任せで突撃《とつげき》した感じだねっ！」

「『いろいろ台無しッ!!』」

一転して、半ばヤケ気味な様子で放たれた言葉に、再びツッコミを入れる2人。

「──美月ちゃん。思い切りが良いのは長所だと思うけど、さすがにどうかと思うよ?」

「あ、あはは……。退くに退けない状況だったから『いっそ全力で前へ!』ってノリだったんだよねぇ……。それに悠也なら、私が望まない展開になる事は無いって思ったし」

「──うん?」

美月と雪菜の遣り取りを聞いて、透花が何か『あれ?』といった反応を。

そのまま、何かを考えている様子の透花に、美月が気付き。

「あれ? 透花さん、どうしたの?」

「──美月ちゃん。その……普段《ふだん》から悠也くんとは、接触《せつしよく》多めなのよね?」

「は、はい? まぁ、ちょくちょく抱《だ》きついたりしてるけど……?」

思いのほか真剣《しんけん》な顔で訊き返され、戸惑《とまど》い気味に応える美月。

「……悠也くんは、その──そっち方面の欲は、普通にあるのよね?」

「う、うん。自分でも言ってたし、私も気付いてたし。えっと──透花さん?」

様子を窺《うかが》う美月の声は無視し、美月の回答を思い返して少し考えた後──

「……ねぇ美月ちゃん？　間違ってたら悪いんだけど――」

「はい？」

「……悠也くんに『いっそ襲《おそ》われたい』とか思ってない？」


「ぶッ⁉　そ、そんなこと――………皆無《かいむ》では、ないです、はい……」

透花の指摘《してき》に吹《ふ》き出し、全力で否定――しようとした声は急速に萎《しぼ》み、弱弱しく肯定《こうてい》。

「美月ちゃん⁉」

「い、いつもじゃないよ⁉　っていうか滅多《めった》に無いよ！」

「……じゃあ『ごく稀《まれ》』の時は、どんな理由で？」

驚きと非難の声に、慌てて弁解する美月。

それに対して『お目付役』として説明を求めた雪菜を、美月は真っ直《よ》ぐに見て。

「私はもう、覚悟はしてるから。例の禁止令が私たちの事を想ってっていうのは、理解しているよ。だから破る気は無いんだけど……私が優先するのは、やっぱり悠也」

「……その歳《とし》で、そこまで言い切っちゃうって凄《すご》いわよね、やっぱり」

「2人のご両親も、それが分かってるからアレコレ言わないっぽいし……」

この2人が半同棲を始めるにあたり、ほぼ放任状態になっている理由。

それはもちろん『そう変な事はしない』『2人だけでも大丈夫《だいじょうぶ》』という信頼《しんらい》・信用が理由ではある。しかし他に『下手に締《し》め付けて反感を買うと、2人だけで逃げ出しかねない』という理由があったという。

……現に美月と悠也は、万が一もし親の会社が経営難に陥《おちい》り、2人が別れさせられる事になった場合、2人で逃げられる様にと準備をしてあるわけで。

「私は必要なら、親が望む『幸せ』や『安定』より、悠也を選ぶから。だから――もし悠也が、親の言いつけを破ってでも私を求めるなら、拒《こば》む気は無いよ」

少し頬を染めながら――それでもハッキリ言い切った美月。

「……その割り切り方、女性としてはいっそ尊敬するくらいだけど――親になる身としては少し頭が痛いわね……」

「……保護者の方々も、美月ちゃんたちへの感想はそんな感じらしいですよ?」

透花と雪菜の遣《や》り取りを聞いて、美月は苦笑いを浮かべ――

「あ、あはは――でもやっぱり、好き好んで苦労はしたくないからねー。だから極力、言いつけを破る気は無いんだけど……。そんな覚悟はしてるから、こう——ちょっとドキッとした事があると『このまま最後までいけたら幸せかも』なんて、思っちゃって……」

後半は——恥《は》じらいに頬を染め、もじもじとしながら言う美月。

その様子は透花も雪菜も、あまり見た事が無く——同性ですらドキっとする色気が。

「……この姿見せたら、悠也くんも一発じゃないかな？」

「……よくさっきは『理性への破壊力は私たちも同じくらい』みたいな事を言えたわね。どう考えてもブッチギリじゃない……」

しかし、美月は今の己《おのれ》の『破壊力』に自覚が無いらしく。

……頬を染めながら話す透花と雪菜に『？』と首を傾《かし》げ——その姿も中々の破壊力で。思わず2人揃って頬の赤みが増し『くっ……！』と顔を逸《そ》らした。

「——こ、こほん。……で、そういえば何か話を聞きたいとか言ってたけど——そんな覚悟を決めきってる相手との事に、何を悩んでるの？」

変な空気を変えるために、わざとらしい咳払《せきばら》いをしてから、透花が話題を切り出した。

「あ、うん。……えっと、私的にはこっちが本題なんだけど——」

「……話が脱線《だっせん》どころか、入線までにえらい時間が掛かったわね？　——いいわ。話してみなさい？」

ここまで年下の妹分に、色々な意味で押《お》されっぱなしだった透花。それを挽回《ばんかい》したいのか、ただ年上としてのプライドか。妙《みょう》に『お姉さま』ぶって話を促《うなが》す透花だった。

「…………？」

◇　◇

「──そんなわけで、今は『私の願望って何だろう？』って悩んでるんだけど……」

ここ最近の事情──『恋人っぽい事が出来ない・分からない』から『自分の願望が分かりそうで分からない』という事を説明した美月。

それに対する透花の反応は──無言で首を傾げる、というモノで。

しかも、それは『答えが分からないから』というよりは『なんでソレで悩むの？』といった、不思議なモノを見る表情の様で。

「……透花さん？」

「へ？　あ、うん、ちゃんと聞いてたわよ？　ただ──ちょっと待って？」

そう言った透花は……少し頭が痛そうな様子で考えた後。

「――うん。美月ちゃんの『願望』だけど、たぶん分かったと思う。だけど、本当にこんな簡単な話かっていう気もするの。……だから、もう少し話してから結論出したい」

真面目《まじめ》な顔で言う透花に、少し戸惑い気味の表情になる美月。

「えっと……分かるだけでも助かるし、元から話を聞きたかったから大歓迎《だいかんげい》だけど……そんなに簡単な事なの？」

「うん。たぶん……ある程度、美月ちゃんたちの性格と事情を把握《はあく》している人なら、簡単に分かるんじゃないかな……雪菜ちゃんも分かってるでしょ？」

「――え？」

その言葉で、美月が雪菜を見ると。……そこには、苦笑いを浮かべる親友の姿。

「うん、まぁ。――実は、大河くんも分かってるよ？」

「聞いてないんだけど!?」

「訊かれてないもん。それに……美月ちゃんも悠也くんも難しいクイズとかだと、誤答よりもタイムオーバーの方を悔《くや》しがるタイプだよね？」

「クイズ番組とは全然違《ちが》う状況だよね!?」

「うん。クイズ番組なんかより、ずっと大事な状況だよね。だから尚更《なおさら》、言わない方が良いかなって思って。大河くんも言わないつもりらしいよ？」

茶化《ちゃか》さず責めず。真面目な顔で淡々《たんたん》と言う雪菜に、美月も冷静さを取り戻し。

「──ごめん、ちょっと取り乱したよ……」

「あはは──うん、気にしてないよ？　それに黙《だま》ってた理由、美月ちゃんなら分かるだろうっていうのと……上手く使えば良いダシになりそうってのもあったし」

「──『ダシ』？」

雪菜の発言に、首を傾げる美月だが……聞いていた透花は『納得』の表情で。

「あー、分かる。上手く使えば、良い雰囲気になりそうよね」

「ですよね♪　でも──『ダシ』《出汁》というより『バニラ』あたり？」

「あー、ダル甘《あま》スイーツに甘い香《かお》りね。分かる分かる♪」

目の前で、それこそ自分をダシにして盛り上がっている２人に、戸惑いの表情を浮かべる美月だが……諦めた様に一息吐《は》いて。

「それで──私は、どうしたら……？」

「あ、ごめんなさい。じゃあ──話を聞きたいって言ってたけど、何を話せばいい？」

「えっと……じゃあ、透花さんと兄さんの馴《な》れ初《そ》め？　私たちみたいな幼馴染《おさななじみ》じゃない、普通《ふつう》の恋愛《れんあい》って知らないから、聞いてみたくて」

「い、いいけど……周りに、普通のカップルって居ないの？」

少し恥ずかしそうにしながら聞いてきた透花に、美月は己の人間関係を、一通り思い返しながら。

「雪菜以外にも、彼氏《かれし》持ちで仲が良い子は居るけど……はっきり言って、私たちは相当に『重い』の自覚してるから。そのレベルの『重いコイバナ』を話せる程の子は——ほとんど居なくて」

「あー……なるほど——ん？『ほとんど』って、少しは居るの？」

その質問に——訊かれた美月だけでなく、雪菜まで頭を抱え。

「……『ド』が付くS&M組と、6歳差カップルの小5女児です」

「……OK、理解したわ。じゃあ、何から話そうかしら——」

話を聞いて『普通』は居ないんだなと理解した透花。

ちょっと詳しく聞いてみたい思いを抑《おさ》え、話を進める事にした。……だって、絶対に『ちょっと』じゃ済まない話だろうから、と。

「えっと……やっぱり出会いから？　以前、高校受験の予備校でって聞いたけど——その頃から好意はあったの？」

「あ、あの頃かぁ……そんな事は無いわよ？　だって当時は──」

言葉を濁《にご》らせ、妹分２人の様子を見る透花。

その期待に満ちた表情を見て、気まずげな表情をした後、半ばヤケ気味に。

「だって当時は『どうやれば消せるかな』って考えてたしね！」

「「まさかの謀殺希望《ぼうさつ》!?」」

「だ、だって！　……当時は私も受験でピリピリしてたし。志望校が同じで自分以上の成績のヤツは、全員敵って認識《にんしき》だったのよ。その中でも伊槻は──ノンキな振《ふ》りして、あっさりトップ取ってたのよ？　実行する・しないは別として、殺意くらい持つわよ」

今では伊槻も努力をしていた事、『あっさり』でも無かった事を理解している透花。

だが当時は『楽にトップ取って他を見下す、いけ好かない野郎《やろう》』という認識で。

そんな話を聞いた妹分２名。

ドン引きしながらも『分からなくもない』と思ってしまい、頬を引きつらせながら。

「え、えっと……じゃあ、高校に入ってから好きになったの？」

「そういえば高校入試で、伊槻さんが主席で透花さんが次席だったたって──あ」

美月に続いて言った雪菜だが……言ってから気付いた様子。

──『予備校でそんな感じだったのに、その順位でソレは無い』と。


「あっはっは！　当然最初は、殺意を募《つの》らせる日々だったわよ♪」


「「で、ですよね！」」

完全にヤケクソでブチ撒《ま》けた姉貴分に、同意の声を上げながらもドン引きの妹2名。

「……だってアイツ誰《だれ》にでも愛想《あいそ》良かったけど、逆に誰とも一定距離《きょり》を保ってて──それなのに私には『テストどうだった？』とか、ご機嫌《きげん》で訊いて来るのよ？　点数上位者は発表されてるのによ⁉　ほとんどアイツ1位で私2位だったわよチクショウッ‼」

「「わ、わぁ……」」

当時を思い出した様に荒《あ》れる透花に、全力ドン引きの美月&雪菜。

ちなみに当時の透花の中で、伊槻は『性悪イケメン』という認識だったらしい。

双方《そうほう》に『拗《こじ》らせてるなー』という感想を持ちながら──疑問が浮かんだ美月。

「でも、それなら何で……いつから好きに？」

その質問に、ピタリと動きを止める透花。

そして気まずげ——気恥《きは》ずかしげな様子で。

「……実は、きっかけは美月ちゃんと悠也くんなのよね」

「「——はい？」」

思いがけない展開に、キョトンとする美月たち。

それに苦笑《くしょう》しながら、続ける透花。

「美月ちゃん、ご両親と悠也くんと一緒に、文化祭に来たでしょ？　で、その時にアイツが対応したと思うんだけど——覚えてる？」

「あー、そういえば。兄さんの高校3年間、文化祭には毎年行ったねー」

「……その時のアイツ、いつものとは全然違う笑顔《えがお》を見せてて——それでコロッと堕《お》ちた子、かなり多かったのよね……」

透花たちが高校1年の時、美月たちは小2。

幼い身内に、普段以上の優《やさ》しい笑みを向ける、イケメン御曹司《おんぞうし》。

女子陣《じん》の間では中々の騒動《そうどう》だったと、遠い眼で語る透花。

それを見る美月たちは——話の流れが読めたからか、微笑ましげで。

「なるほど。それで透花さんも、ってわけですね♪」

「え？　そんなわけ無いじゃない。単にロリコンかショタコン疑っただけよ？」

「「まだ続くの!?」」

予想外の展開と、当時の予想以上な好感度の低さに、驚愕《きょうがく》の声を上げる2人。

「あはは……。でも、それがきっかけで、アイツを色々観察してみようって思ったのよ。そうしたら……まぁ尋常《じんじょう》じゃない苦労の片鱗《へんりん》が、チラホラと」

「えーっと、兄さんが高1後半だと……あー、一番大変だった頃かも……」

美月も後から知ったらしいが──タチの悪い親戚《しんせき》の攻勢《こうせい》や、両親の仕事の繁忙期《はんぼうき》、友人のトラブル等の、厄介事《やっかいごと》が一気に押し寄せてきた時期があったそうで。

「たぶんソレね。……なのにアイツはおくびにも出さないから、誰も気付かなくて手伝わないの。それが可哀相《かわいそう》になって──色々手伝う様になったのよ」

「「……………」」

無言で聞いている2人を、敢《あ》えて気にしない様にして、話を続ける透花。

「そんな同情で始めた事だけど──アイツは素直《すなお》に感謝してくれるのよね。それが優越感《ゆうえつかん》だったというか……まぁ気持ちよかったから、手伝う頻度《ひんど》も上がっていって」

「『…………』」

引き続き、無言の美月&雪菜。そして――まるで『どんな反応をされるか分かっている』とでも言う様に、敢えて２人を視界から外して話を続ける透花。

「それで手伝っている内に……最初の嫌悪《けんお》感は抜《ぬ》けてきて。段々と、その……親しくなっていって――トドメは、たしか１年最後の調理実習だったわね」

「『…………（にやにや）』」

変わらず無言の２人だが――今度こそ安心できると踏《ふ》んだらしく、分かりやすいニヤニヤ笑いを浮《う》かべ。

……それに気付かないフリをして、話を続ける透花。

「私が作ったのを試食した伊槻が――『美味しい』って言った時の笑顔が、あの時の『身内に向けられる笑顔』だって気付いたら、もうダメだったわね。……で？　２人とも何か言いたくてムズムズしてるっぽいけど、お好きにどうぞ？」

一区切りが付いた所で、透花が２人にそう言うと――美月と雪菜は顔を見合わせて。

「――とりあえず、言いたい事っていうか、感想は……２つ？」

「うん、そうだね。私も２つ、かな？」

「……うん。何を言われるか、だいたい予想は付いてるから、どうぞ？」

半ばヤケになって言う透花に、２人は『じゃあ――』と前置きしてから。

「まず――透花さん、なかなかイイ性格してたんだね？」

「分かってるわよ！　思い返すと『どんだけイヤな女よ』って自分でも思うわよ‼」

予想していた感想だったらしく、極《きわ》めて速《すみ》やかに用意してあったであろうリアクションを返す透花。

そして、その反応も予想通りだった様子の美月＆雪菜は、苦笑いを交《か》わして。

「それで、もう1つは――ねぇ？」

「ね？　ちょっとビックリだったよね……」

そんな事を言い合ってから、揃って透花に向き直り。

「「――それ、なんて少女まんが？」」

「絶対に言われると思ってたわよッ‼」

言われたくはないけど、絶対に言われるだろうと思っていた事を案の定言われ、思わず声を荒《あら》らげる透花。それを生温かく見つめる妹分２人。

「だって仕方ないじゃない！　『気さくなイケメン御曹司』っていうアイツの存在自体が、

既《すで》に少女まんが的存在じゃない!? そんなアイツが少女まんがムーヴすれば、誰でも少女まんが時空に巻き込まれるわよ!!」

若奥《わかおく》さま、必死の弁解。

しかし、その反応も予想していた美月が、さらに追い打ち。

「それは分かるけど――義姉さんのツンデレヒロインムーヴも大概《たいがい》だと思うよ？」

「それも分かってるわよぉぉおおッ!!」

ツンデレ若奥さま、頭を抱《かか》えて絶叫《ぜっきょう》。

「分かってるわよぅ……以前、ちょっと半生を振り返って愕然《がくぜん》としたもの。――で、続きも聞く？ 多分、美月ちゃんが聞きたいのはココからだと思うけど」

「あ、あはは……からかってごめんなさい。――ぜひお願いします」

素直に謝《あやま》り続きを頼《たの》む美月に、毒気を抜かれて小さく笑い、話を再開する透花。

「――と言っても、ここからはそう面白《おもしろ》い話でもないのよ？ ただ……苦労はしたわね。だって好きになったと自覚したのは良いけど……アイツが私に構って来たのは、私がアイツを敬遠していたからなんだから」

「あ、あー……。でもそれは『そういう女性だから安心して付き合えた』とか『新鮮《しんせん》に感じた』とかで、別に兄さんはずっと敬遠されていたかったわけでは――」

「うん、もちろん今は分かってるわよ？　でも当時は――初期に『なんで私に構うのよ⁉』って嫌悪感を全開で訊いた時『そういう反応が新鮮で嬉《うれ》しい』って言われて。『ドM⁉　キモッ！』って返したら、嬉しそうな顔されたってのもあって……ね？」

「う、うわぁ……」「兄さん、何やってるの……」

兄（兄貴分）の過去の言動に、雪菜と美月がドン引きの声を上げた。

弁解をするなら、当時はタチの悪い下心で近寄ってくる女性に辟易《へきえき》していたため、むしろ自分を嫌《きら》ってくれる女性こそ安全と、そう思っての事だろう。

……ただ、その辺の事情を知らないと、どう見てもドMです。

「そんなわけで。距離は縮めず近寄らず、塩対応も変えずに好きになってもらうって――どんな無理ゲーよって話よねぇ……」

「……それで、どうやって兄さんを攻略《こうりゃく》したの？」

「攻略……したのかしら？　とにかく、あまり行動は変えなかったわね。変えられなかった、が正しいけど。ただ――いつでも手伝いに入る機会は窺ってたし、作業がおわったら『お疲《つか》れさま』って言う様にしたり？　些細《ささい》なトコを気を付ける様にしたわね」

「「…………」」

またも、無言で顔を見合わせる美月と雪菜。

どういう感想を持たれているかは予想がつくため――頬を引きつらせながらも、無視して話を先に勧《すす》める。

「……高校卒業すると、進路が別れる可能性が高いじゃない？　だから、それまでに何とかしたかったんだけど――この調子で間に合うのかって、ずっと不安だったわね」

「……そんなハードモードで、どうやってお兄さんと付き合い始められたんです？」

雪菜からの質問に、透花は気まずげな顔をして。

「……実は、それもある意味、美月ちゃんと悠也くんのお陰《かげ》なのよね」

「「……はい？」」

展開が予想出来ない雪菜と、全く身に覚えのない美月が、揃って首を傾げ。

それに対し『そうよねぇ』と、小さく笑ってから。

『3年の初め――私たちは2年の時から生徒会だったんだけど、代替《だいが》わりで引退する最後の仕事の時。引継《ひきつ》ぎ資料を作りながら雑談して――美月ちゃんたちの話が出たのよ』

美月たちは透花たちが2年の時の文化祭にも行っていたため、単に生徒会活動の思い出の1つとして話題に上ったというだけ。

だがそれが、思わぬ結果を呼んだらしく。

「私はその時まで、美月ちゃんと悠也くんは兄妹《きょうだい》か親戚だと思っていたのよ。それが幼馴《おさなな》染《じ》みで許嫁《いいなずけ》で、ずっと仲が良いって聞いて。それで――『そういう関係は羨《うらや》ましい』って言ったの。そうしたら伊槻、いきなり黙っちゃって」

そこまで話した透花が２人の様子を見ると――話が佳境《かきょう》に入ったためか、真剣に聞いている様子の美月と雪菜。

それを見てから、少し恥ずかしそうな表情を浮かべ――

「アイツ『これからも僕《ぼく》を手伝ってくれないか？　大学でも――その先も』って」

「初手でプロポーズだったの⁉」

驚愕の声を上げた雪菜と――美月も、黙って頬を引きつらせていて。

「ね？　どうかしてるわよねー。後から伊槻に聞いたけど……告白はしてくれるつもりだったそうよ？　でも、その前の話のせいで勢い余った、って」

「――お兄さん、勢い余ってプロポーズって……」

「それで、どう答えたの？」

美月からの、当然の質問。

それに透花は──頬を真っ赤にして、数回視線をさまよわせた後。

「……まず、顔はめちゃめちゃ熱くなるわよね？」

「『まぁ……なるよね？』」

ここまで来て何を躊躇《ためら》っているのかと、疑問に思いながらも同意する2人。

「それで──嬉しいけど、突然《とつぜん》だったし、さすがにソレは予想外だったから、混乱したのもあって……涙《なみだ》も出てきちゃって。でも、断りたくはなくて──」

「ま、まぁ、無理も無いんじゃ……？」

「っていうか最悪、お断りもあり得る状況ですよね……？」

その状況からの返事が、全く予想出来ない美月と雪菜。

そんな2人を見て、さらに頬を赤くした後──過去を悔《く》やむ様に頭を抱え。

「──勢いに任せて『し、仕方がないから、結婚《けっこん》してあげるわよっ！』って……」

「『最後までツンデレヒロインッ⁉』」

それは予想外にも程《ほど》がある返答。しかし、その場面を想像すると──

顔を真っ赤にして嬉し涙を流し……羞恥《しゅうち》に震《ふる》えながらも強がって応《こた》える姿。

——ツンデレヒロインの理想型が、間違《まちが》いなくソコに降臨していた。

「す、凄いね透花義姉《ねえ》さん——ツンデレヒロインの模範《もはん》回答だよ……」

「本当、歴史に残したいくらいのツンデレヒロインっぷりですね……」

……ドン引きしながら心底尊敬するという、かなり珍《めずら》しい状況の美月と雪菜。

それに対して透花は、尚《なお》も頭を抱えていて。

「ツンデレヒロインを連呼しないでよ……。私自身、思い返すと『アタマ大丈夫?』って思うんだからぁ……っ!」

その様子を見て、さすがに可哀相になった美月と雪菜。

とりあえず『ツンデレヒロイン』はＮＧワードに設定する事にして。

「それで——プロポーズは、本当に受けたの?」

「……ううん。その後、さすがに我に返って——『普通の恋人《こいびと》からお願いします』って言ったら、『喜んで。——お願いします』って……」

「このタイミングで普通に甘い展開が来るんですか……」

この一連の展開は透花にとって、人生でトップクラスの醜態《しゅうたい》で。

しかし同時に……人生でトップクラスに大切な思い出でもあり。

　――一刻も早く忘れたいけど、絶対に忘れたくない。そんな、とっても複雑な過去。

「……まぁ、これで第一部・完よ」

「『第一部⁉』」

「……この後にも色々あったのよ。でも美月ちゃんに役立ちそうなのは、ここまでの話でも十分のはずよね？」

「え、っと……？」

　透花に言われて考え始める美月。

　……最初に『ツ』から始まる言葉を言い掛《か》けたが、透花に睨《にら》まれて慌《あわ》てて停止。

　改めて考え直した後――雪菜に、縋《すが》るような視線を向けた。

「……んー。もしかしたら美月ちゃん、当然過ぎて願望っていう認識が無いのかな？」

「ああ、それはあるかも。じゃあ美月ちゃん、問題。さっきの期間の話で、伊槻と付き合うまでの私の願望は何だったでしょう？」

「へ？　……ああ、それはもちろん――……え？　あっ」

　透花の問題に少し考え、見つけた答えを言おうとした所で、動きを止める美月。

「あ、分かったのかしら？」

「え、あ、でも……これ？　これなら私、普通に――」

頬を赤くして戸惑いの表情を浮かべる美月を、微笑《ほほえ》ましく眺《なが》める雪菜と透花。

「私たちは『それじゃないかな?』って思ってるだけだから。正しいか判断するのは美月ちゃんだよ。まだ腑《ふ》に落ちない?」

雪菜に言われ、自分の胸に手を当て、目を閉じて少し考える美月。

そして、目を開けた美月は、はにかんだ様な柔《やわ》らかい笑《え》みで。

「ううん。——そっか。これが私の願望なんだ。……そっか♪」

そう微笑む美月に——先ほどの色気とは違う理由で、透花と雪菜は頬を染め。

「——美月ちゃん、こっちのパターンもあるんだ……」

「……悠也くんは美月ちゃんのこういう顔、知ってるのかしら?」

「どうでしょう——知っててもおかしくないとは思うけど」

「……知っていて理性保っていられてるなら、ちょっと凄いわよね」

と、そんな遣り取りは聞こえていなかった様子の美月。

自問自答は終わった様で、スッキリした顔になり
「——うん、もう大丈夫。ありがとっ!　……あれ?　どしたの?」

「な、なんでもないわよ?　——さ、さて!　そろそろ寝《ね》ましょう?　……そういえば美月ちゃんと悠也くん、明日はお墓参りに?」

声を掛けられ、軽く動揺《どうよう》した透花だが……何とか立て直した。

「うんっ♪　悠也のお婆《ばあ》ちゃんの、月命日なんだよ」

「雪菜ちゃんと大河くんは、行かないの？」

「私もお世話になったので、法事には参加させてもらうんですが……一応、私はまだ悠也くんの家とは無関係ですし、さすがに月命日まで毎回とは。それに──ねぇ♪」

「──あ、あはは……」

雪菜が美月へ、意味あり気《げ》な視線を送ると──恥ずかし気な誤魔化《ごまか》し笑いの美月。

「え？　お墓参りに、何かあるの？」

「実は今月の月命日に関しては……美月ちゃんと悠也くんの『記念日』っていう意味合いが強いんですよ」

「……記念日？　──何の？」

透花からの質問に、美月は恥ずかしそうに顔を逸らしたままで。

それに微笑みを向けた雪菜は、美月が止めようとしていないのを確認《かくにん》してから──

「──実は、美月ちゃんが『婚約者《こんやくしゃ》になった日』なんですよ♪」

間章2 月に惹かれる夜

大河《たいが》と兄さんとの会話は盛り上がったが、程々《ほどほど》の所で切り上げ。そろそろ寝ようと布団《ふとん》に入った――のだが。

――眠《ねむ》れない。


いろいろと考えてしまっているからだが……それはもちろん、自分の願望の話。

――あと少しで……『なんだ、そんな事か！』って感じで分かりそうなんだが。考えても、モヤモヤが増すばかりで答えは出ず。考えない様にしようとすると、余計考えてしまうという、ありがちなマイナスループ。

兄さんと大河の方からは、規則正しい寝息《ねいき》の2重奏が聞こえてくるが……俺《おれ》はこのままでは眠れそうにない。

だから仕方なく、気分転換《てんかん》にスマホでＷｅｂ小説でも――と、考えたところで。

ふと、ベランダへ続くガラス戸の方を見ると、カーテン越《ご》しでも明るい光が。

——月が出てるのか。

それに気付き、少し考え——ベランダに出てみる事にした。


寝ている２人を起こさない様、静かにベランダに出ると。

夏の湿《しめ》り気《け》を帯びた生暖かい風も、この時間ならあまり気にならず。この家の場《ば》所柄《しょがら》か、今日の天候が良いだけか、なかなか心地《ここち》良く感じ。

そして空には——この時期には珍しいほど、綺麗《きれい》な月が。

満月……ではない様だが、十四夜か十六夜《いざよい》か、そこら辺と思われる、明るい月。

しばらく、考え事も忘れて月を眺めていると——


「こんばんは、悠也《ゆうや》♪」

——後ろから声を掛けられ、初めて俺以外にも人が居た事に気付いた。

「ああ。こんばんは、美月《みつき》」

——それなのに。驚《おどろ》かず、当然の様に返せるのは……聞きなれた声だから、だろうか。

このベランダは美月の部屋にも繋《つな》がっていて、簡単なバーベキューセットが置けるくらいには広い。

美月は部屋の入口近くの壁《かべ》に寄り掛かっていたらしく、月を見上げながら出てきた俺には、ちょうど死角になっていた様で。

「悠也も、眠れなかったの？」

「ああ。それで外見たら、——月が綺麗だな、と……」

……言ってから、有名な『別の意味』の事に思い至った。

「ん？　漱石《そうせき》さんのアレの話？　——『死んでもいいわ』って答えるんだっけ？」

言いながら近付き、俺の隣《となり》に並ぶ美月。

「……いや、そういう意味は無し。単に窓から月が見えただけ。あと……死なれたら困るから、その回答は無しの方向で」

「——うんっ。じゃ、別の答えを考えとくよ」

そう言って、微笑む美月。

さっきは『悠也【も】、眠れなかったの？』と言っていたのに——その表情は、悩《なや》んでいる様な顔ではなく。むしろ、解放されたかの様な、晴れやかな表情に見える。

「そっちの部屋、盛り上がってたみたいだけど——良い話は聞けたか？」

「っ、聞こえてたの？」

「いや、ときどき騒《さわ》いでたのは分かったけど、聞き取れはしなかったな。——聞かれたらマズイ話でも？」

「——あははっ、マズイ話は無かったけど……ちょっと恥ずかしい話は、ね？」

「あー……うん、まぁ。こっちもそんな感じ、だな」

兄さんの部屋で交わされた会話は、聞かれて困る内容ではないが——知られて恥ずかしい話ではあったわけで。

「あははっ。まぁこういう状況《じょうきょう》だと、そんな感じになるよねー。——あ、そうだ。今日の兄さんたちと一緒《いっしょ》に行動して、思った事があるんだけど——」

「ん？　どうした？」

俺が反応すると——美月は悪戯《いたずら》っ子の顔になり。

「兄さんと話す時、ちょっと口調が幼くなる悠也、可愛《かわい》い♪」

「っ⁉　——やかましいわっ」

……ちょっと痛い所を突《つ》かれ。思わず夜なのに大声を出しかけ、ギリギリで自重。

「あははっ。昔から悠也、兄さんに懐《なつ》いていたからねー♪」

「……俺は一人っ子だし、兄さんは立場的にも『良き先輩《せんぱい》』だしな」

俺と美月は小学校くらいまで、親が忙《いそが》しい時はよくお互《たが》いの家に預けられた。

それぞれの家を、お互いに『第2の実家』と思うくらいには高頻度《こうひんど》で行き来していたため、そこでよく面倒《めんどう》を見てくれた兄さんの事は、昔から慕《した》っていた。

それに加え、大企業《きぎょう》経営者の後継者《こうけいしゃ》候補、その先輩としても普通に尊敬している。

だから——ある意味で本当の家族以上に、頭が上がらない存在なわけで。

「あははっ！　兄さんと悠也が話してるの、見てるとほっこりするから好きだよ♪」

「——はいはい。で、そっちはどんな感じだったんだ？『願望』、分かったのか？」

それは、ただ話を変えたくて振った話だったのだが——


「——うん。分かったよ？」


「——は？　え、本当に⁉」

「うん。お陰ですごくスッキリしたし——悠也のも、たぶん同じだと思うよ」

「そういう言い方をするって事は……俺に教える気は無い、と？」

「んー……実は、雪菜《ゆきな》はとっくに分かっていて、それで言われたんだけど――『クイズとかだと、誤答よりタイムオーバーの方が悔しいでしょ？』だって♪」

「……いや、クイズ番組とは状況が全然違うだろ？」

「あははははっ！　私もソレ言ったんだけど――『クイズ番組なんかより、ずっと大事な状況だよね』って言われたよ♪」

「……ぐぅの音も出ないわ」

俺の抗議《こうぎ》は、先回りされる形で既に潰《つぶ》されていた。

だけど、何と言うか――美月と同じ事を言っていた事が少し気恥ずかしく……同時に、少し嬉しい気もした。

――美月が妙に楽しそう……嬉しそうなのも、同じ理由だろうか？

「あははっ。大丈夫《だいじょうぶ》だよ、悠也。前に似た様な話をしたし――悠也も、すぐ分かるよ」

「……だと良いんだけどな」

何だか――気恥ずかしくて、照れ臭《くさ》くて……少しだけ悔しくもあって。

少し投げやり気味に言い。美月から視線を外して――また夜空の月を見上げた。

「――ね、悠也？」

少し、静かな時間が流れた後。美月が、不意に俺の名前を呼んで。
「——どうした？」
美月の声は——静かで。だけど、何か決意をした様な……そんな、心に響《ひび》く音。
俺でも、あまり聞いた事の無い響き。それに少し驚いて、美月に向き直ると——
ただ、静かな微笑みを浮かべ。俺が振り向くのを待っていた美月。
息を呑《の》んだ俺の前で——

「——好き」

心地《ここち》よい夏の夜空の下。
綺麗な、月の光に照らされて。
真っ直ぐな眼差しで、紡《つむ》がれた言葉は、たった2音。
だけど——その短い言葉に。その眼差しに。
俺の眼と心は、惹き付けられて離《はな》れなかった。
数秒か——それとも数分か。どれだけ、俺は意識を惹き付けられていたのか。

お互い、ただ無言で見つめ合う時間が過ぎた後。

不意に美月が――いつもの明るい笑顔で。だけど、まだ少し赤い頬で口を開いた。

「あははっ。今さらって言えば、今さらなんだけどね？　それでも――よく考えてみたら、面と向かって『好き』って言った事、あんまり無かったなーって」

「――言われてみれば……確かに無い、か？　気楽に使うのは『愛してる～』だし、半ばじゃれ合いで『大好き～♪』とかは言われた気がするけど。……いや冷静に考えると『それ、どうなん？』とか思うが」

「……あ、あはは。どれも本心ではあったんだけど――なんか気楽に使うのは、そこら辺だったよね。なんだか……『好き』だけは、あんまり使えなかったんだよ」

「――ああ。なんとなくだけど、分かる気がする。……何故《なぜ》かは、俺も分からないけど」

何故かそれだけは、気安く言えない気がしていた。

特に面と向かっては――例の『恋人っぽい事』の時と同じように。言い逃《のが》れも、言い訳も出来ない気がして。

そう、はっきりと言える自信が無かった。

そんな俺に、美月は再び、優しく微笑み。

「うん、私もそう。――だから言ったの。『これから始める』っていう、決意表明だよ」

――『決意表明』。そんな言葉を告げた美月は――その強い言葉に反して、どこか嬉しそうな、優しい表情のままで。

だから、だろうか。

まるで教えられた様に……導かれた様に、やっと『答え』が分かった。

「――あ、ああ。なるほど……うん、そういう事か。――うん、兄さんに笑われるのも分かるわコレは……」

気付いた瞬間《しゅんかん》、スッキリしたと同時に――脱力感《だつりょく》と、己《おのれ》の情けなさに対する自己嫌悪《けんお》も襲《おそ》ってきて、その場にへたり込んだ。

「――あははっ、悠也も分かったんだ？　私は『嬉しい』が先に来たけど……うん、そうなる気持ちも分かる気がするよ」

「……ああ、たぶん分かった。いろいろ納得《なっとく》したし――さっきの意味も、分かったし」

言葉を選びながら告げると、また恥《は》ずかしくなってきたのか、再び頬を赤くして。

「っ、あはは……うん、良かった。――答え合わせ、する？」

美月にそう訊《き》かれ――少し考える。

──間違えていない自信は、ある。

だから、ここで言っても問題は無い。……問題は無い、のだが──

「──いや、今は止めておかないか？」

「え？」

俺の返事に、美月が不思議そうな、戸惑《とまど》いの表情になった。

「俺も『決意表明』、考えたいし。それを言う場として──明日、ちょうど良いだろ？」

「──っ、うんっ、そうだね♪」

美月は驚いた顔をした後──頬を染め、嬉しそうな笑みで応えてくれた。

「さて。じゃ、さすがにそろそろ寝るか。……明日、フラフラの脳ミソでってのは、勘弁《かんべん》してほしいし」

「あははっ、それもそうだね♪　……眠れる自信は無いけどね？」

そう言って苦笑いする美月。

……確かに俺も、いろいろあったせいで──ベランダに出てくる前とは違《ちが》う理由で、眠れる気がしなかったりするが。

「……まぁ、お互い寝る努力はしよう。──じゃ、また明日」

「うんっ。おやすみ、悠也」

そう言って、お互いの寝床《ねどこ》に向か――おうと思ったのだが。

「――美月」

「うん？　どしたの？」

気が付いたら、自然と呼び止めていて。

――『好き』と、告げてくれた美月に。何も言わずに帰すのは、何か違う気がして。

だけど、『決意表明』は明日と決めてあって。

じゃあ何と言うか、空を見上げて少し考え――ああ、そうか。

「――美月。……『月が綺麗ですね』」

面と向かって、一度ネタとして使われた言葉を、本気で使ってみた。

美月は驚いた顔で――急激に頬を赤くして。

だけど――その後。嬉しそうなまま、赤い頬のまま、悪戯《いたずら》っぽい笑みになり。

「ありがと、悠也。――それでは問題です。……私の名前は何でしょう？」

「……は？　――もちろん『美月』、だよな……？」

不意に出された問題の答えは、考えるまでも無いが――意図が、全然分からない。

──『美月』……ん？『美しい月』……？

そういえば『月が綺麗ですね』の返事、『死んでもいいわ』以外の模範回答に……。

「うん。私は、生まれた時から『美月』だよ。……だから、生まれてから今まで、そしてこれからも。──私の月も、悠也が見る月も、ずっと『美しい月』だよ」

「…………」

「──じゃあ、おやすみ悠也。……また明日♪」

言葉を失った俺の前で──手を振《ふ》って去って行き、部屋に戻《もど》った美月。

俺は……部屋に戻る気分になれず──ベランダの手《て》摺《すり》に寄り掛かり。

月を見上げながら……そのままへたり込んで。

「──やられた」

『I love you』を『月が綺麗ですね』と訳した、という話に由来する、相手に好意を伝える言葉。その返しの言葉として『死んでもいいわ』以外の別の答えを、早々に考えて使ってきた。……それも、最も効果的なタイミングで。

定番の返しの一つが『ずっと前から月は綺麗』。

その意味は——『ずっと貴方《あなた》が好きでした』。

それを自分の名前と合わせ。そして俺たちは、ほぼ生まれた頃《ころ》からの付き合いである事も重ねて——『生まれてから今まで、そしてこれからも』と。

少し気の利《き》いた事を言いたいと、先も話題に出た先人の名言を使ってみたのだが——

——これは……うん、どうしようもない程の完敗。

顔の熱さは、しばらく抜けない気がする。……明日は寝不足《ねぶそく》、ほぼ確定。

——それでも、寝る努力はするか。明日は、情けない姿を見せたくないし。

明日は、祖母の月命日。

そして——4年前、俺が美月にプロポーズをした日。

◆　◆

余談だが——翌朝、眠そうな顔をしていたのは、俺と美月だけではなかった。

兄さんと大河、雪菜と透花《とうか》さんも寝不足の様子で——不思議に思って訊いたところ。

『鼻血か砂糖が出そうだった』

——アンタら見てたんかいッ!!

終章 ››› 今までも、これからも――

「――っと。掃除《そうじ》はこんな感じでいいかな」

「うんっ、そうだねー。お花の準備も出来たよー」

　ここは、とある霊園《れいえん》。

　一応は都内ではあるが郊外《こうがい》と呼ぶべき場所のため、緑も多く広々としていて、『自然公園』で通る様な雰囲気《ふんいき》の場所。

　そこの一角に――祖父と祖母が眠る場所があった。

「んーっと。掃除ヨシ、お花ヨシ、お供えヨシっと。じゃ悠也《ゆうや》、お線香《せんこう》よろしくー」

「はいよ。いま火ぃ付けてるから、ちょっと待てって」

　今日は土曜日ではあるが、午後の中途半端《ちゅうとはんぱ》な時間で、しかも時期もお盆《ぼん》の少し前と中途半端。そのため、見える範囲《はんい》に他の人間は、数人しか居ない。

「——はいよ。気を付けろよ？」

「うんっ、ありがとー」

そんな——虫と風の音しかない、静かな場所で。

俺と美月《みつき》は、線香を供え——故人に祈《いの》りを捧《ささ》げた。

5年前。それまで健康だった祖父が、急な病で亡《な》くなり。

父さんがまだ40代で『社長』ではなく『会長』なのも、それが原因で。

慌ただしい日々が過ぎ、少し落ち着いた頃。

役目は果たしたという様に——元から体が弱かった祖母も、祖父の後を追うように、永い眠りに就《つ》いた。

「——おじいちゃんとおばあちゃん、元気にしてるかな？」

「……『元気』という表現が正しいかは知らんけど——仲良くはしてるだろ」

俺も美月も、別に死後の世界を信じているわけではないけど。

それでも……あったらいいなと、思ってはいるわけで。


子供の頃、俺が美月の家によく泊《と》まっていた様に、美月も俺の家によく泊まり。

だから——よく面倒を見てくれた祖母には、実の祖父母と同等に懐いていて。

小5の冬山の件で、ずっと一緒に生きたいと思った、俺と美月。

その目標としたのが、老いても仲の良かった祖父母だった。

だから……2人が亡くなった時、俺以上に泣いたのが、美月だった。


「——さて。そろそろ行くか」

「ん。そうだねー。行こっか」

応え——ある意味では場所にそぐわない、明るい笑みを見せる美月。

そして、お供え物などを片付け、借りた水桶《みずおけ》などを返した俺たちが向かうのは——霊園の入口ではなく、中心部。


祖母が亡くなったのは、5月。

その２ヶ月後。当時中１の俺たちは、夏休みに入ってすぐに、２人だけで来た。
法事が終わったばかりの時期に来たのは――静かな時に、話したいと思ったから。
だけど。そうして霊園まで来たは良いが……墓所まで向かう気になれなかった。

祖母と祖父は、仲が良かったから。
祖母が亡くなる時も、安らかに……微笑む様に逝《い》ったから。
だからきっと――『向こう』で、仲良くしているから。

だから……悲しみたくなかった。泣きたくなかった。
でも……悲しかった。泣きたかった。

だからその日は、合わせる顔が無くて。２人で静かな霊園を、ただ無言で歩き回り。
当時の俺たちが、歩き疲れて……休憩《きゅうけい》したのがココ。
霊園の中央、集合墓地にもなっている大きなモニュメント。そこへ向かう階段の横。
来る途中《とちゅう》で買った飲み物を飲みながら、『俺たち何してるんだろな』と話し――

「──良かったぁ、ここもあんまり変わってないねー」

「そりゃ、たった1年で霊園が激変したら、何があったんだって話だからなー」

「……もぉ。空気読んでよ、悠也」

「読んだ上で無視してるんだよ、っと」

あの時と同じ場所に着いて──地面に荷物を置き、壁に寄り掛かる。

そして美月も……拗《す》ねたフリをしながら、あの時と同じ様に、隣で壁に寄り掛かり。

「──それで。例の『答え合わせ』、ここでするの？」

「帰ってからでも良いんだが──ちょうど良いかなとも思ってる。……さすがに、墓前でするわけにもいかなかったし」

「あははっ！　悪い話じゃないんだから、おばあちゃんたちは喜びそうだけどねー」

「……故人に『見守られている』のか『覗《のぞ》かれている』のか微妙《びみょう》な状況は、出来れば勘弁してほしいんだが？　──ただでさえ、『アレ』も見られていたっぽいのに」

「──うん。私も、ハッキリと覚えてるよ」

──あの日。ここで休憩しながら、ぼんやりと祖父母の事を思い返していて。

その時……不意に、自然と俺の口から出た言葉が。

『──なあ美月。俺が死ぬときに……一緒に居てくれるか？』

そんな、重い事この上無い言葉を吐《は》いた俺。

……俺が『一緒に居たい人』は、美月以外にも居る。大河《たいが》や雪菜《ゆきな》、他にも数人の友人たち。両親や一部の親しい親戚《しんせき》も入る。

だけど──最期《さいご》まで寄り添《そ》い続けた、あの２人を思い出した時。

『自分が死ぬ時まで居てほしい人』となると、美月以外に浮《う》かばなかった。

そんな想《おも》いが、零《こぼ》れてしまった言葉に。美月の返事は──


『──ちょっと勘弁してほしいかな』


……えらいショックを受けた俺に、さらに続いた言葉。

『──先に死なれたくないよ。……悠也が、私の死ぬときに居てよ』

その言葉に、少し安堵《あんど》したと同時に、少し返事を考え。

『──ちょっと、勘弁してほしいかな』

『でしょ？　だから……一緒に生きよ？　呆《あき》れられるくらい、長生きしようよっ』
少し涙《なみだ》ぐみながら、そう言ってきた美月に。
俺も釣《つ》られて、涙を流しながら。
『──ああ。ずっと……一緒に居てほしい』
『うんっ。一緒に居るよ。だから、一緒に居てよっ』
……涙を流し、縋《すが》る様に言ってきた美月を抱《だ》きしめて。
『──美月。将来、結婚《けっこん》してほしい。ずっと、一緒に居たいんだ』
『うんっ、喜んで……♪』

そして──キスを交《か》わした俺たち。
その瞬間。周囲の風が、この広場に集まる様に吹《ふ》き付け。
木々の葉が、まるで祝福するように、俺たちに降り注いだ──

「──アレは絶対に、おばあちゃんたちの仕業《しわざ》だよね♪」

「『祝福』だか『冷やかし』だかは、微妙なところだけどな」

何気に悪戯好きだった祖父母を思うと……両方の意味が込められていたかも。


――と、そんなわけで。

あの日、ここで、美月にプロポーズをして。

その日以降、俺たちは『許嫁《いいなずけ》』ではなく『婚約者』と言う様になり。

そしてそれ以降も、毎年この日にお墓参りに訪《おとず》れ、色々と報告するようになった。

だから――また、ここから始めるのも良いんじゃないかと、そう思い。


「――好きだ。美月」


「……うんっ。ありがと、悠也♪」

まずは――昨夜の美月と同じ、決意表明。

そして……ここからが、答え合わせ。

「……俺を、もっと好きになってほしい」

「うんっ♪　悠也も、もっと私を好きになってよ」

分かってしまうと、もの凄《すご》く簡単で単純、極《きわ》めて当然の願望。

普通《ふつう》、恋人《こいびと》になってほしい相手には『好きになってほしい』と思い。それのために、色々と悩むわけであって。

俺たちは……その過程をすっ飛ばして、特に意味も意識せずに、『恋人らしい事』を求めていたわけで。

『なんでソレをするのか』も分からずに行動だけ模倣《もほう》しようと思えば――そりゃ行き詰《づ》まって当然だろう。

「……はぁ。『恋人っぽい事が出来るように』じゃなくて『恋人になるには』って考えていれば、もっと早く分かっていたかもな……」

「あ、あはは……。私もお母さんに『好かれている事を当然と思わないで、努力なさい』って言われてたんだから――もう少し進めて考えていれば、かな？」

自嘲《じちょう》気味につぶやいた俺に、美月も苦笑いで言い。

「――ね。悠也？」

「どうした？」

壁に寄り掛《か》かっていた美月が、勢いを付けて一歩前に。

そして、俺の前に回り込んで。

「私は、もっと悠也を好きになるよ。だから――もっと私を好きになって？」

「――俺も、もっと美月を好きになる。だから……もっと好きになってほしい」

言葉に反して――微笑《ほほえ》み、挑《いど》む様に言う美月に。

俺も自信を持って、『受けて立つ』という意志を込めて。

そしてエスコートする時の様に、手を差し伸《の》べ。

その手を取った美月を引き寄せ――抱き寄せ。

無言で見つめ合い。

頬を染めた美月が、目を閉じ。俺は顔を近付け――

「――はっくしゅッ！　あっ」

「「ちょッ⁉　――あっ」」

……上方から、なんか聞いた事がある声が聞こえた。

「「…………」」

瞬時《しゅんじ》に無表情になった美月と、顔を見合わせる。……きっと俺も似た感じだろう。

2人で、ゆっくりと見上げると――ほぼ真上、階段から下を覗き込む状態の、見知った顔が4つ。揃《そろ》って頬を引きつらせ……蒼《あお》い顔をしていた。

「……大河、雪菜、兄さん、透花《とうか》さんまで。――何をしてるのかな？」

おそらく、くしゃみをしたのは大河。それに反応してしまった一同。

「……あ、その、いえ、私と雪菜は、一応反対はしたのですが――昨夜の会話の続きが、気になってもいたわけでして……」

「う、うん……誘《さそ》われて、どうしようって、結構モメたよね!?」

「は!?　無理に来なくて良いっていったのに、大河くんも雪菜ちゃんも、いざ私と伊槻《いつき》が動き出したら普通に付いてきたよね!?」

透花さんの発言に、幼馴染《おさななじみ》2人は目を逸《そ》らし。

「……僕《ぼく》は、ただの運転手だから」

「「「言い出しっぺが何をッ!!」」」

3人からの総ツッコミを受け、兄さんは顔を逸らした。

「……要するに。兄さんの発案に、誰《だれ》も強くは反対せず、楽しく見ていた、と？」

「い、いいえ悠也、一応は反対案も出て、議論はしましたよ……？」

そう弁解する大河だが。俺《おれ》たちが美月の家を出る時、皆《みな》はまだのんびりしていた。

『このタイミングまでに先回りとなると――そう猶予《ゆうよ》は無いはずだが。……ずいぶん速《すみ》やかな意思統一だな？」

「「「「…………（→）」」」」

揃って顔を逸らす４人。――全員ギルティですね？

「……うふふふふっ♪」

「「「「――ッ!?」」」」

……俺は、隣から徐々《じょじょ》に高まってくる『圧』を感じていたが。

他の方々は、聞こえてきた不気味な笑い声で――やっと事態に気付いた様子。

「――ね♪　覗いてて楽しかった？」

「「「「…………」」」」

そう言う美月を遠目から見れば、きっと楽しそうに言っている様に見えただろう。

だけど近くで見ると……イイ所で邪魔《じゃま》された怒《いか》りと、覗かれていた恥ずかしさ。それらを抑《おさ》えて笑顔《えがお》を作っているため――額に青筋が『ピキピキッ』と立っていて。

「ご、ごめんね、美月ちゃん？　邪魔する気は全く無かったんだけど――」

「そ、そうなの！　ごめんなさい？　少し心配で暴走しちゃったというか――」

雪菜と透花さんが弁解するが――『にこにこピッキピキ』状態の美月は。

「――みんな、今すぐ集合♪」

「「「「は、はい！　直ちにッ!!」」」」

凄《すさ》まじい圧力を発する笑顔での言葉に、階段上に居た４人が大慌《おおあわ》てで降りてきた。

そうして始まった、美月によるお説教タイム。

のぞき犯４名の処遇《しょぐう》は美月に任せて。

俺は、とりあえず人数分の飲み物を買いに行く事にした。

――熱中症《ねっちゅうしょう》は怖《こわ》いからね。……今の美月の方が怖いけど。

◆　◆

「ただいま～」

「……俺の部屋だけどな？」

マンションに帰り着くと――自分の部屋に戻る素振《そぶ》りなど一切《いっさい》無く。

俺が鍵《かぎ》を開けると、とっても自然に部屋に侵入《しんにゅう》。それも、家主より先に。

「わー……やっぱり暑いー。エアコン、エアコン。でもって扇風機《せんぷうき》～」

「いや、人の話を聞けと――……いいや、もう」

勝手知ったる他人の家。自分の荷物を放《ほう》り投《な》げ、リモコンを見つけてエアコンを即座《そくざ》にオン。続けて扇風機もつけ、そして冷風の通り道に陣取《じんど》り、胸元《むなもと》をパタパタと。

それを見て――軽く目を逸らしながら、いろいろと諦《あきら》める事にした。

霊園でのお説教タイムは、1時間は掛からずに終了《しゅうりょう》。

謝《あやま》り倒《たお》された後――後日、ケーキバイキングを奢《おご》ってもらう事で手打ちに。

……実はあの時の美月は、邪魔された怒りより、見られた恥ずかしさの方が大きかったため、見た目ほどの『マジキレ』ではなかったりする。

犯人一同も普段《ふだん》なら分かっただろうに――後ろめたさで冷静じゃなく、気付かなかった模様。……まぁ、俺も邪魔された怒りはあるんで、遠慮《えんりょ》なくゴチになるけど。

そして、兄さんに車で送ってもらい、帰宅した俺たち。


「ゆぅ～やぁ～。早くこっちおいでよ～」

俺が軽く回想している間に、美月はソファーに移動。

ご丁寧《ていねい》に扇風機をソファーに向け、自分の横をポフポフと叩《たた》き、座《すわ》れと促《うなが》してきて。

「……はいよっと。どうした――お？」

妙《みょう》に急《せ》かしている気がしたので、『どうした？』と訊こうとしたが。

訊く前に、美月は自分の体を倒し――俺の膝《ひざ》に頭を載《の》せて、膝枕《ひざまくら》状態に。

「……疲《つか》れたのか？　それとも、単に甘《あま》えたいだけか？」

「んー。どっちもかなー……」

完全にダラけきった、少し眠《ねむ》そうな声で答えた美月だが。

頭を撫《な》でてやると嬉《うれ》しそうに微笑むところから、別に眠いわけではない様子。

「――ま。この24時間で、いろいろあったからな……」

「……ん」

俺が言った『いろいろ』は、『疲れた理由』と『甘えたい理由』、両方の話。

それを理解した美月は——顔を隠《かく》す様に、うつ伏《ぶ》せになって俺の腿《もも》に顔を埋《うず》め。

——あの、美月さん？　その体勢は……ちょっとズレるだけで『事故』が発生し得る事、ご理解出来ておりますでしょうか？

……そんな事は指摘《してき》しづらいため、意識しない事に決めて。

「——お嬢《じょう》さま。当方の枕《まくら》の寝《ね》心地《ごこち》はいかがですか？」

「んー……」

俺の質問に——再び姿勢を変え、横向きで少しモゾモゾ動き。

体勢が変わった事で、軽く安堵している俺に——

「……市販《しはん》の枕なら、返品した上でサイトに口コミ☆1付けるくらいには、寝心地悪い」

「…………」

そこそこ良い雰囲気の中、まさかの全力苦情が来ました。

「——っていうか、そもそも人体って枕に向かないよね？」

「身も蓋《ふた》も無いな⁉」

……『そりゃそうだろう』とは思うけれど。

自分の脚《あし》が枕に向いてるなんて全く思わないし――美月の膝枕だって『寝心地』という点でなら、本物の枕には足元にも及《およ》ばないわけで。

「……寝心地悪いなら、とっとと退け。重い」

「んー、あともう少しー。寝心地悪くても、悠也のだからイイのー」

「……ったく。時々あざといですねー、美月さんや？」

「ん♪　だって――好きになってほしいからねー」

そう言った美月は、こちらに後頭部を向けているため、表情は見えない。

でも。いつのまにか――その耳が赤くなっていた。

「――はいはい。飽《あ》きるまで付き合いますよ、っと」

「わーい」

……自分の頬も、少し熱いという自覚があったため、少しぶっきらぼう気味に言い。

美月も――必要以上に、無邪気《むじゃき》っぽい声で応《こた》え。

そんな事は、お互《たが》いに指摘せず。

俺は静かに美月の頭を撫でながら――静かな時間が流れた。

「──ね、悠也。よく『恋《こい》が愛になる』とか……『好き』の上が『愛』みたいな扱《あつか》いが多いけど、何か違う気がしない？」

「……どうした突然《とつぜん》？」

しばらく、大人しく頭を撫でられていた美月が、不意に言い出した。

「──んー。昨夜、あれから少し考えてたんだよ。『答え』は分かったけど──なんでそんな願望を持っていたんだろうって。私たち、今まで仲良くやっていたのに」

「……ああ、なるほど」

なんで上手《うま》くやっていたのに、そんな願望を持っていたんだろう。

逆に──そんな願望を持っていたのに、なんで上手くやってこれたんだろう。

確かに『なぜ？』と訊かれれば、回答に困る疑問ではある。

「だから──『好意』と『愛情』って、別パラメーターなんじゃないかなーって。例えば……『瞬発力《しゅんぱつりょく》』と『持久力』みたいな感じ。『愛情』が『持久力』の方で──むしろ執着《しゅうちゃく》とか、そっちの方に近いんじゃないかって、我《わ》が身《み》を振り返って思うのですよ」

「……そう言われると、俺も心当たりはある、か」

別に『世間一般《いっぱん》も同じだろう』等とは言わないけれど──こと俺たちに関しては、かなり当てはまっている気はする。

——ずっと一緒《いっしょ》に居たが故の執着。それを『愛』だというのなら……否定は出来ない。

「私はね？　ずっと——悠也を『愛してる』。それは絶対に自信があるよ。でも……どれだけ『好き』かっていうのは、『愛』ほどには自信が無かったんじゃないかな」

確かに——愛が執着から来るモノなら、『ずっと一緒にいよう』と誓《ちか》った俺たちは、確固たるモノを持っているだろう。

反面、じゃあ『好意』の方はというと——今回自覚した通り、意識して稼《かせ》ごうとはしていなかった。

長い付き合いだから、一定以上はある自信はあったが——それがどの程度かは、お互いに自信も自覚も無かった。

——もしかして。俺が美月に対して行動を起こせないのも、それが原因……？

瞬発力と持久力の様な関係で——愛が持久力なら、好意は瞬発力？

ならば……『理性の壁《かべ》』をブチ破るほどの『瞬発力』が無かった、という事だろうか？

「……ふむ。ちょっと動いてみるか」

『ん？　どしたの悠也？』

俺のつぶやきを聞き、不思議そうにする美月に。

「──うん、悪い。今度は少し俺に付き合ってくれ。とりあえず起きて」

「へ？　いいけど──」

美月が体を起こした所で、俺はソファーに深く座り直し。

『はい。こちらにどうぞ、お嬢さま』

「──え。そういう事……？」

少し恥《は》ずかしげに、確認《かくにん》をしてくる美月。

……それもそのはず。俺が座るように促したのは──俺の脚の間で。

「はっはっは、よく美月がやる事を、ただ俺がやろうっていうだけだろ？」

「──そ、それはそうなんだけど……う、うん。じゃあ失礼します──」

そう言って恐《おそ》る恐るといった様子で、俺の脚の間に座った美月を、後ろから抱きしめ。

いつも美月が俺にする様に、その肩《かた》に自分の顎《あご》を乗せ──

「──ああ、うん。いいなコレ。……美月がよくやるの、分かる気がする」

なんだか――凄く落ち着く。適度な温《ぬく》もりに、心身共に癒《いや》される様な――そんな充足感《じゅうそく》。

「そ、そう？　それは良かった、んだけど――ねぇ、悠也……？」

「んー？　どうした～？」

既《すで》に脳ミソ溶《と》け始めたかの様に、気だるく返事をすると。

「――コレ、めっちゃ恥ずかしくない？　よく出来るね……」

「……いや、お前。ちょくちょく自分でやっておいて、よく言えたな？」

「でも悠也は平気そうだったよね⁉」

「理性とのバトルは結構激しかったけどなっ！」

慣れたは慣れたし、顔に出す事はそうそう無いけど――完全密着モードだと、さすがに全く何も思わず、とはいかないわけで。

「そ、それに私――たまに『当たっているぞ？』『当ててるのよ』をやるけど……もし悠也に逆襲《ぎゃくしゅう》でソレやられたら、いろいろシャレにならないよ⁉」

「エラいセクハラ発言が来たなオイ⁉　やらねぇよ！　っていうかさっき俺の膝枕でうつ伏せになったけど、アレも結構ヤバいからな⁉」

「——へ？　っ！　～～ッ⁉」

……気付いていなかったらしく、俺の腕《うで》の中でジタバタ悶《もだ》える美月さん。

しかし、それもしばらくすると、落ち着いてきて。

「——えっち」

「……今回に関しては自滅《じめつ》だろうに。でもって、ソレは今さらだろ？」

非難の声に開き直って返すと——諦めた様に、体の力を抜《ぬ》いて、身を委《ゆだ》ねてくる美月。

「で？　この体勢はいつまで？」

「……もう少し頼《たの》む。——イヤなら止めるけど」

そう言うと、『仕方がないな』という様な息を吐いて。

「——いいよ。別に……恥ずかしいだけで、イヤじゃないから」

少し耳が赤いまま——完全に力を抜いて、体を委ねてきた美月に。

俺は無言で、抱きしめる腕の力を、少しだけ強くした——

……やり過ぎると本気で『当ててるのよ』が発生しかねないんで、本当に少しだけど。

「……そういえば。具体的には、どうしようか？」

「──うん？　なんのことー？」

同じ体勢で過ごす事少々。思い出した問題を、口に出してみた。

美月は早くも慣れたらしく、スマホでソシャゲをしながら、リラックスした口調で訊《き》き返してきて。

「……いや、ほら。『お互いに、もっと好きになる』が目的だとして──具体的には何をしようか、って話」

「ああ、そういう事か。んー、じゃあねぇ……」

そう言って、少し考えた後。美月は一度立ち上がり、俺の隣《となり》に座り直して。

俺に向かい、悪戯《いたずら》っ子の様に微笑み。

「──悠也、夏休みにも実家に行くよね？」

「ん？　ああ、もちろん。また水槽《すいそう》いじりたいし」

俺の趣味《しゅみ》は、アクアリウムという程《ほど》ではないが、水槽をいじって熱帯魚などを飼う事。

手を付けると程々で済ます自信が無いため、この部屋ではやっていないが……実家には大きな水槽があり、度々《たびたび》帰っては水槽をいじったり魚の世話をしたりしている。

「じゃあ今度、私も付いていくから──それ手伝わせて？」

「はい？　いいけど……ああ、そういう事か」

それは――まずは相手の事を知ろう、という事で。

「――教えてよ、悠也が好きな事。私も、それを好きになってみたいから」

子供の様な笑顔で言った美月を――抱き寄せて、もう一度腕《うで》の中に収めながら。

「……なら、俺は美月がやってるソシャゲから、かな？　オススメ教えてくれ」

「――は～い♪　でも、注ぎ込み過ぎないでね？」

「やっぱり課金が前提かよ⁉」

そんなバカな遣《や》り取りもして、笑い合い。

「……でもさ？　こう――いきなりベタベタしだすのも、私たちらしくない気もしない？」

「――ああ、それは思う。っていうか無理があるだろ、いろいろと」

今までの俺たちを考えると……色々と再認識《さいにんしき》したところで、いきなり『常時ベタベタ』とかになれるとは思えない。

やろうと思えば出来るかもしれないが、無理した所で意味があるとも思えないし、むしろ逆効果になりそうな気がする。

「今まで通りに俺たちらしく――だけど機会があったら逃《のが》さず頑張《がんば》る、みたいな感じでいいんじゃないか？」

「そういえば……透花義姉《ねえ》さんが、兄さんと付き合い始める前の行動が、そんな感じだったらしいよ？」

「その話、ちょっと詳《くわ》しく」

「うん、いいよ～。その代わり、昨夜の男子部屋で話した事も教えてね♪」

そんな話をしながら――抱き合った状態なのに、いつもと同じ様に笑い合う俺と美月。

「……一緒に、もっと好きになっていこ？」

「ああ。――『生まれてから今まで、そしてこれからも』、だよな？　よろしくな、『美しい月』の美月さん？」

「っ⁉　あ、アレは……思い返すとめっちゃ恥ずかしいんだよ⁉」

――まぁ、そうだろうと思ってはいたけど。

あの時、平然と去って行った様に見えた美月だが……振《ふ》り返らずに去って行くのは、赤面している美月が表情を見せないために、よくやる手段だし。

「でも、あれは本心だろ？」

「――うん。もちろん」

頬を赤くしながらも、俺を真《ま》っ直ぐに見て答える美月。

だから俺も――今くらいは、誤魔化《ごまか》さずにはっきり言おうと思い。

「ありがとう。俺も……今までの美月も、これから変わる美月の事も、ずっと好きになり続ける。だから――これからもよろしくな？」

「っ、うんっ♪　嬉しいよ、悠也！」

満面の笑《え》みと共に言った美月。

俺は抱きしめたまま頭を撫でると――美月も心地《ここち》良《よ》さそうに微笑み。

そのまま見つめ合い。笑みを交わし。

自然に顔を近付け――美月が、瞼《まぶた》を閉じて。

――今度は、邪魔は入らなかった。

◆　◆

抱き合ったまま、しばらく無言の時間が経《た》った後。

「よし。美月、そろそろ自分の部屋に帰れ」

「…………悠也、空気読も？」

「──だから、空気読んだ上で無視してるんだよ。……いくつか理由があるんだって」

「何？」

美月はまだ自室に戻《もど》っていないから、ソコに荷物が放置されてるとか。

服、結構シワがついちゃってるぞ、とかもあるが、第1はやっぱり──

「──俺の理性がヤバイ」

「……あ、ああー、そういう事？」

いろいろと気分が盛り上がっている状態で2人きりだと──さすがの俺も、ヤバイ。

2人の将来と己《おのれ》の身の安全のためにも、直ちに撤退《てったい》していただきたい。

「……ねぇ悠也、悠也？」

「どうした？」

俺の服の袖《そで》をひっぱり呼びかける美月に応えると──

「──いっそ襲《おそ》ってみる？」

「冗談《じょうだん》じゃ済まない状態なんで勘弁《かんべん》してくれません⁉」


「あ、あはは……ごめんね？」

そう言う表情に、なぜか『少し残念』という色が見えた気がするが──気のせいだろう。

「とにかく。少しいろいろ『冷却《れいきゃく》』したいんで、悪いが一度帰ってくれ」

「うん、わかったよ。じゃ──……あ」

部屋に戻りかけた美月が、何かに気付いた様に動きを止めた。

「ん？　どうしたんだ？」

そう訊くと、激しく憂鬱《ゆううつ》そうな顔をした美月が──

「……私の部屋、たぶん今、めっちゃ暑い」

現在、まだ日没《にちぼつ》前。当然まだ暑い。

まだ帰っていないため、当然エアコン等も入れておらず──まぁ憂鬱だろうな。

「……悠也」

「なんだ美月？」

「――今夜は帰りたくないの♪」

「いろんな意味で、フザケンナ」

……俺と美月の仲は、確実に進展した――はずだが。

それでも尚《なお》、今までと変わらず、こんなしょーもない遣り取りをすると――脱力《だつりょく》すると同時に、安心もして心地《ここち》よく感じるわけで。

「むぅ。仕方ない、帰るよ」

「……とりあえず、荷物を置いてエアコン入れてこい。部屋が冷えるまで、こっちに来ていてもいいから」

「わーい。悠也大好き～♪」

これからも――俺たちは少しずつ進展していく。

それでも……きっと相変わらずな俺たちだろうし、そうありたいとも思う。

「じゃ、今度こそ戻――……悠也、ちょっとヤバい事思い出した」

「今度はどうした。トイレットペーパーでも切らしてたか？」

「ううん。……夕食、どうしよ？」

「――あ。帰りに……買い物してくるつもりだったっけ……？」

……霊園《れいえん》でのゴタゴタで――兄さんの車で、直に帰ってきてしまった俺たち。

「――悠也。残り物の類は？」

「昨日の朝で、全部食べた。――美月。冷蔵庫の中身は？」

「肉類は全滅《ぜんめつ》。野菜はあるけど――あと豆腐《とうふ》があったかどうかって感じかな？」

近くにスーパーはあるけど、今から出かけたくないわけで。

「……となると――そうめんかカップ麺《めん》か？」

「――今はそうめん、明日の朝にカップ麺、かな？　そうめんは私がやるから、悠也は適当にサラダよろしく」

「はいよっ、と」

……これだけ色々あって、まだ夏休みの初日という現実。

今後も色々と騒動《そうどう》があるんだろうという諦めと――同時に、それを少し楽しみにしている自分も居た。

あとがき

ここまで甘くする気は無かったんや……。

本書を手に取っていただき、ありがとうございます。緋月《ひづき》 薙《なぎ》です。
1巻発売から5ヶ月……遅筆の私にしては、まぁまぁな速度で出せました。
それもこれも担当さまのご尽力と――
『ちょっとウチの絵師さま、マジ神じゃね？』
と拝み倒したいレベルの絵でテンション爆上げさせてくれた ひげ猫 様のお陰です！

……と。そこら辺の話とお礼は後述するとして。
まずは――挨拶よりも先に書いた一文について。
あとがきから読む方も居るらしいので、具体的なネタバレはしませんが――

――本当に、どうしてこうなった⁉


いえ、後悔はしてませんし、むしろ予想以上の物が書けたと自負しておりますが！

……ただ、完全に作者の意図しない暴走が発生しまして（汗）。


私の物語の書き方は、かなりキャラクターに依存しています。
1、キャラクターの設定を作り込みます。
2、舞台を設定します。
3、物語の形を整えるため、途中で通過するべき展開やセリフの設定をします。
4、『さぁ皆さん、暴れてきてください。通過点はちゃんと通ってくださいね？』

軽く説明すると。

最初にキャラクターの性格と、ある程度の展開を設定したら、後は細かいセリフや繋ぎのシーンは決めずに書き始めます。

『この場面なら、コイツならこういう事を言うなー。それに対する反応はこうで――』

『ヤバイ、大幅にコースアウトしそう。サブキャラ動かして外部刺激で軌道修正～』

と、大体こんな感じのノリですね！

ペットの散歩に近い感覚でしょうか？　『ルート誘導はするけど、好きに歩かせる』という意味で。


で。今回は何が起こったのかというと。

……当初の予定では、今回のラストは悠也が積極的に『イロイロ』出来る様になる、くらいで納めるつもりでした。

それが気が付けば……順調にシリーズが進んだ時のためにと、1巻で仕込んでおいたネタ。その多くを一気に使わされる事に。

イメージ的には――ペットの大型犬が大興奮。成す術も無くズルズル引き摺られ、隣町まで行っちゃったって感じですかね！

一応、こういう時のブレーキ要素としての『イタしちゃ駄目』設定なんですが……最後の砦という意味以外では、ほぼ機能していませんねぇ。

なんとか制御しようと、新キャラの『透花《とうか》』の設定を変更。

当初は『低身長・胸部装甲スパロボ級・おっとり、ゆるふわお姉さん』という、現在とは真逆の設定でしたが――

『……やっべ。これだと確実に他キャラに呑まれる！』と思って設定変更。しかもその際にキャラを立たせようと、お相手の『伊槻《いつき》』共々、前作の主人公組の性格をベースに調整するというドーピング的な手段を使用。

……うん、それが見事に火に油を注いでくれて。

むしろ制御役としては逆効果でしたね！


そんなわけで。今作ではブレーキを掛けるの諦めました！

その方が面白くなりそうですし、幸い今作は現代・学園モノ（一応）なので、暴れさせる舞台・イベントは作りやすいですから。

もし順調に次巻が出せたなら――舞台は8月、夏休み。

イベント的には、メインは悠也&美月の誕生日と水着回の予定ですねー。

……さーて。コイツら、どこまで暴走するのかな（汗）。

最後に謝辞を。

ＨＪ文庫編集部の皆様と、担当編集のＳ様。前作の宣伝関係の交渉から遅筆作家の発破かけまで、いろいろありがとうございます！

そういう意図かは分かりませんが、最初に表紙絵を投下するという手段は、エンジン掛かりにくい遅筆作家に絶大な効果を発揮しました。馬の前にニンジン、火に爆薬的に。

イラスト担当の　ひげ猫　様。その最初の表紙絵見た瞬間に、私のテンション爆上がりしました。本当にありがとうございます！　本当に私は毎回、絵師様に恵まれています‼

表紙絵を見て最初に思った事が『この絵でグッズ作りません？』でした（笑）。

文字で隠れていない完全版の絵で出来たグッズが出たら、１人のファンとして是が非でも買わせていただきたいと心からッ！（編集部の皆さん、本当に如何ですか？）

そう思うくらい今回も良い絵の数々で、本当に感謝しております。

最後に、この本を手に取ってくださった読者の皆様。ありがとうございます！

皆様の応援により、無事に２巻が出せました。

まずは、その事に心からの感謝を。本当にありがとうございました。

そして――この続きが書けるかも、皆様にかかっています！（ド直球なダイレクト・マーケティング）

無事に続きが書けたならば、もちろん全力を尽くす所存です。

尚も続く、不穏なご時世ですが、皆様もお身体には気を付けてください。

また早いうちに、かつ健康な状態で皆様とお会い出来れば、と！

6月某日　緋月　薙

HJ文庫 http://www.hobbyjapan.co.jp/hjbunko/
942

幼馴染で婚約者なふたりが恋人をめざす話 2

2021年7月1日　初版発行

著者――緋月 薙

発行者―松下大介
発行所―株式会社ホビージャパン

〒151-0053
東京都渋谷区代々木2-15-8
電話　03(5304)7604（編集）
03(5304)9112（営業）

印刷所――大日本印刷株式会社

装丁――coil／株式会社エストール

ISBN978-4-7986-2531-7　C0193

ファンレター、作品のご感想お待ちしております

〒151－0053　東京都渋谷区代々木2－15－8
(株)ホビージャパン HJ文庫編集部 気付
緋月 薙 先生／ひげ猫 先生